U0864685

SUQING WENJI SANWEN JUAN (ZHONG)

苏青文集

谈女人

散文卷（中）

苏青 著

方铭 主编

时代出版传媒股份有限公司
安徽文艺出版社

图书在版编目(CIP)数据

苏青文集·散文卷(中)/苏青著;方铭主编.—合肥:安徽文艺出版社,2016.2
ISBN 978-7-5396-5635-9

Ⅰ.①苏… Ⅱ.①苏… ②方… Ⅲ.①中国文学-当代文学-作品综合集②散文集-中国-当代 Ⅳ.①I217.2

中国版本图书馆CIP数据核字(2015)第290807号

出 版 人:朱寒冬
出版策划:朱寒冬　　出版统筹:宋潇婧　王婧婧
责任编辑:李　芳　　装帧设计:张诚鑫

出版发行:时代出版传媒股份有限公司　www.press-mart.com
　　　　　安徽文艺出版社　www.awpub.com
地　　址:合肥市翡翠路1118号　邮政编码:230071
营 销 部:(0551)63533889
印　　制:安徽新华印刷股份有限公司　(0551)65859551

开本:710×1010　1/16　印张:13.25　字数:140千字
版次:2016年2月第1版　2016年2月第1次印刷
定价:28.00元

(如发现印装质量问题,影响阅读,请与出版社联系调换)

版权所有,侵权必究

目录

序

在民族生死存亡的大时代，一个平凡的弱女子，居然以文章在孤岛似的上海开辟了一个新天地，这委实是不容易的事。我这里说的是苏青。关于苏青的生平创作，在《苏青小说集》里已做了简略的介绍，不再重复。现在有必要先拨开罩在苏青身上的迷雾，以便澄清历史，更好地接近作者，真正接受她的作品。

阻碍我们阅读苏青作品的有两重壁障。其一是她的小说《结婚十年》。作品甫出，半年内就再版了9次，两三年后，再版有36次之多，这恐怕在中国小说出版史上，论畅销的程度，也该算首屈一指了吧。但事情总是这样："名高而谤亦随之。"由于她行文的坦率，也可能更多的人是以耳代目，或者如鲁迅所抨击的某种国民劣根性的显露："一见短袖子，立刻想到白臂膊，立刻想到全裸体，立刻想到生殖器，立刻想到性交。"(《而已集·小杂感》)望书名而生邪念，以讹传讹，一方面因不正常的观念反而促销了小说的发行量，一方面加在作者身上的误解愈积愈多，使得苏青在当时不得不一次又一次地声明。这在《〈浣锦集〉与〈结婚十年〉》一文中说得十分清楚，她说："于是有人称我为'大胆女作家'，这在我并不以为耻，却只觉得在事实上未免愧不敢当。……至于《结婚十年》呢？所叙述的事根本是合乎周公之礼的，恋爱、结婚、养孩子都是一条直线的正常的人生道路，既没有变态行为，更不敢描写秽亵。"经过几十年的历史淘洗，如今，《结婚十年》以及苏青的其他创作都重新问世，以平常心来阅读，恐怕再也没有一个读者觉得她有什么越轨的描写了。其二，更大的障碍是对苏青在特定时期的政治表现的怀疑与误解，这一重迷雾似乎裹挟得更厉害些。甚至"海派小品集丛"介绍到苏青时，还说她："抗日爆发后曾一度在伪上海市政府任职员及陈公博的秘书，这是很为世人诟病的经历。"海峡对岸，有一篇悼念张爱玲的文章，提到张与苏青，说："一个走出国门飘流瀚海，一个锁入牢门关死为止。"（1955 年 9 月 21 日台北《"中国时报"·人间》，木心文）我认为种种误传，都离作者的真实遭际甚远。确实，在沦陷区的上海，苏青是以文出名的。但写文的动机她屡次坦白地说是为了谋生。至于说她有多高的抗争意识，她也老实地承认没有。她当时就这样说："文章愈写愈多起来了，'苏青'这个名字也渐渐地有人知道了，而我所想找的固定职业还是没有找到。于是，我只好死心塌地地做职业文人下去了。在这里我还要郑重声明：当时我是绝对没有想到内地去过，因为我在内地也是一个可靠的亲友都没有的。假使我赶时髦似的进去了，结果仍旧卖文，而且我所能写的文章还是关于社会人生家庭妇女这么一套的，抗战意识也参加不进去，正如我在上海投稿也始终未曾歌颂过什么大东亚一般。”（《关于我——〈续结婚十年〉代序》）这一番平心之言，今日我们能宽容地理解的。至于说她曾任伪职，甚至说她曾成为汪精卫以下二号汉奸陈公博的秘书，这一点作者在《续结婚十年》里有所提及。一个平常的女人，写了一篇偶及当时要人的文章，引动要人的注意，要人除了予以金钱解脱她的困窘外，也曾想她出来当秘书。但她坚持职业文人的道路，婉拒了这一要求，这又有什么可以非议的呢？而况，新中国成立后，人民政府知道她的这段经历，安排她在越剧团任编剧工作，生活在新中国的天地里，苏青应该说是愉快的，她所编的《屈原》一剧，还曾荣获华东区会演一等奖。只是，为了编《司马迁》的剧本，苏青曾写信向当时任复旦大学教授的贾植芳请教，贾植芳因“胡风事件”被捕，抄出这封信，株连苏青，使她收监审查，后来释放得到平反。经历了“文革”的灾难，她最后在1982年得到善终。晚年她写信给友人说：“寂寞惯了，心境很舒服。”应当承认，过“左”的政治运动伤害了不少人，这段不幸的历史，只会增加我们对苏青的同情。我曾在《读书》上论及张恨水，文章的标题是：《应当有同情地理解》，我之所以不厌其详地为苏青澄清历史，就是希望不论对张恨水乃至苏青，都应当以此态度去衡文论人。

现在再来谈谈苏青的散文创作。其实，苏青的散文出手比她的小说还早。她的第一部散文集《浣锦集》,出版于1944年4月,其中收的散文,最早创作于1935年,当时她就是林语堂主编的《论语》的积极作者。她的散文也引起了散文大师周作人的注意,后来她的不少散文集也是这位知堂老人亲署题签的。《浣锦集》一出,也是一版再版,读者踊跃。连张爱玲都并不看重她的小说《结婚十年》,而对苏青的散文表示了钦羡。

苏青和张爱玲一样,写作与成名都是在一个特殊时期。这一点柯灵先生在《遥寄张爱玲》的名文里做过分析。也即是说,处于孤岛时期的上海,控制在日本人和汪精卫政权手里,高张民族意识的新文学受到压制,过去的鸳鸯蝴蝶派也难得死灰复燃,这样,表现女性情爱与生活细节的空间,得以有开拓的自由。从更深层的动因看,这一时期,对"个人生活"和个体生命存在的特殊关怀,固然有因政治不自由,写"自己生活中琐事",用不着担心意外麻烦的原因,但更根本的,却是战争毁坏了一切。这种"惘惘的威胁",不仅危及国家、民族的生存,而且每一个个体生命都受到实实在在的压迫。因此,在20世纪40年代,从文学整体看,不仅有民族意识的觉醒,也有对个体生命存在的关注与思考。具体到上海这个孤岛环境,个体生命意识被推到文学图景的前沿,得到一次历史性的凸显,这赋予了张爱玲和苏青以很好的机遇,也使得她们的文字有了一种特殊的价值。

苏青有一本散文集名字就叫《饮食男女》,这一书名很能概括苏青散文创作的全部内容,它显示了人的"最自然、最基本的功能","日常生活"

这一最稳定的、更持久永恒的生存基础，确实是她在战乱中的独特的生命体验。还可以追溯过去五四新文学所关注的“个体意识的觉醒”，以及和今天存在主义现代性的相通，这将证明苏青散文有着常青的生命价值。还有，苏青在一篇文章中，把“饮食男，女人之大欲存焉”，做了一个标点的更动，就突出了女子主体的生命意识。她的很多文章，都是从女性的视角来谈恋爱、婚姻、家庭、丈夫、儿女以及社会的诸种问题，曾经启发了无数的读者。今天将她的思想见解汇入20世纪世界最重要的文学潮流——女性主义文学，并不是故意拔高她的文学价值，而是确然无疑的事实。因此苏青的散文又多了一重意义。

本套书中的苏青散文基本上反映了作家散文创作的全貌。《苏青文集·散文卷(上)》，是近于叙事抒情的散文。譬如《豆酥糖》一篇，对儿时生活的热烈回忆，对老人的深情眷恋，写来娓娓动人。最后一句“我的好祖母呀”，尤为神来之笔，有呼之欲出之妙，早有人把它和朱自清的《背影》相媲美。至于其他描写人物、揭露世相的文章，都栩栩如生，入木三分，见出作者感性生活的丰富和处理细节的才能，发出了“通常的人生的回声”和“细密真切的生活质地”(张爱玲语)。《苏青文集·散文卷(中)》，是苏青散文的主体，可以看作她对最直接最逼真的人生实际生活的探寻与询问。虽然她感到生活经验不丰富，但她自以为：“我常写这类男男女女的事情，因为我熟悉的也只有这一部分。”像苏青那样兴致盎然地不断咀嚼日常生活的滋味，从她笔下所传达的那份琐碎平常的诗意，反而会使信念惶惑和生活紊乱的读者获得心安和坚实的感觉。她的文笔是老到的，议论是平实的，不回避任何问题，又能辩证地融会贯通。《苏青文集·散文卷(下)》，除了描绘世情，还收录了她自己文章的自述，包括各个文集的自序和后记、编辑杂志的体会与认识，以及少数文评，这对了解她的身世与文心，都有价值。我们还附录了一篇《苏青张爱玲对谈记——关于妇女、家庭、婚姻诸问题》，仍然是帮助读者理解作为女性作家的她们对男女婚恋诸问题的看法。附录的第二篇是苏青逝世后她子女的一篇回忆文章，寄托后代对她的哀思。

台湾旅德作家龙应台写散文很有才气，她的《野火集》几年来已重印了一百五十次以上。但她深感文字的深度和力度不够，很想研究抗日战争时期在孤岛上海发表散文的女作家苏青，因为苏青是女作家中唯一擅长写散文的(见吴小如《书郎信步》)。我想，苏青散文创作重新集结问世，仍然是有裨益的。

方铭

2015年11月于安徽大学

女像陈列所

前　言

说出来不怕你们笑话,我是没有女朋友的。原因是女朋友们太把我看得好了,说的话,给出的主意,对我都没有用。至于我对她们呢?虽自以为在有些地方是懂得的,但也不敢怎么样,得罪了同性,她们可绝不会饶恕你。

我很痛苦。我也希望有几个亲亲热热的女伴,大家可以手拉手儿说着知心话。但是我仔细留意了这些时,竟不曾发现一个,便连自己的母亲也不是,我不禁怅然而返了。关在楼下的小室里,前后拉紧了窗帘,黑洞洞的,我追忆着这些人,觉得声音笑貌都如在目前,就是触不着她们的灵魂。我茫然站在室中央,瞧见她们都搔首弄姿的,东边角落里有几个,西边角落里有几个,南北各隅无不是她们,整个的房间都给她们占满了,像女像陈列所——好,就让我来拍个照吧。

咭咭呱呱的二房东太太

第一个使我瞧着吃惊的,就是侧着张瘦削的淡黄脸孔、下巴尖尖的二房东太太。假如她闭目装睡在旁边,我倒觉得她有些可怜儿;只不过她的细眯眼睛一张开,就变成三角形,恶狠狠地爱瞪人了,我看着实在有些心悸。而且她还找人讲话哩,先是轻声冷笑,随即声势汹汹地责问道:"林太太,我要跟你说一件事哩,昨夜你们是什么时候关灯的?现在电灯有限制,用多了要剪电线,你总也知道吧。那时候也不会单晦气我们二房东,所有的房客统统一样,哼,大家都活不成了。"

"但是昨夜实在是……"那个叫作林太太的嗫嚅着想回答。

"还有,"她的鼻孔里再哼一声,三角眼死瞪她一下,于是打断她的话。"水费也涨价了,你们楼下的抽水马桶,可不能一天到晚咕咚咚地净抽水。再说娘姨们撒泡尿也会有什么妨碍吧?我是早关照下人过的,在旁边挂干净毛巾儿,尿撒完了只一揩,落得省些草纸,马桶里也干干净净省得抽水。"一面说,一面跑到楼梯头想回房去了,却又感到不尽兴似的再进厨房去高声嘀咕:"我做二房东也算是天地良心,马马虎虎的了,人家哪个不是一天到晚看火表、查自来水龙头的呢?横竖男人不争气,我也犯不着给他省什么钱。不过做房客的自己总也得识相些儿呀。"

林太太听见有些不快活,但却也并不生她气,因为这几年来她已经听得惯了。她只轻轻地把房门关紧些,不要吵醒林先生。她知道那位三角眼的太太也很可怜,昨夜她丈夫定又没有回来,不知怎的,他总爱在外边胡闹,常常整夜不归。她在上半夜也许是恨他,下半夜便着实想他担心他了,于是悄悄起床来暗中靠窗瞧。夜是静悄悄的,她没有瞧见人,只有一线晕黄色灯光斜射在双掩的石库门上,那是从楼下房间里黑布防空窗帘缝溜出来的,她在前楼望下去正瞧得见。是林先生老早回来了在看书哪,林太太只千依百顺陪着他在灯下补袜子,也不替她做二房东的想想剪电线的麻烦,怎的不令人恼怒呢?

有时候她也恨自己的孩子太不争气。林家的孩子瞧见林先生回来了,跳着笑着喊爸爸,一面急急跟了进去,当然有的吃。她的孩子也进去了,她虽然在后面喊着叫他快回来,但是却也不期而然地看看林太太怎样处置。假如她分给这个孩子不少的东西,她便笑嘻嘻说:“林先生回来得早!”假如没有给或者给得不够多,她便怒吼着跨进去将孩子一把抓出来骂骂,“谁叫你闯进人家的房间里去的?虽然这屋子是我们自己的哩,但是人家赖着不走也没法。——唉,林先生,你回来了倒好,我正想问你呢,这里有一个亲戚要来住了,你们的房子究竟找到了没有?”这时候林先生自然是苦笑一下,于是无可奈何地回答:“现在找房子可是不容易。”她立刻便把嘴一撇讥笑道:“找房子是不会不容易的,就不过花些钱,你林先生只要拿出三五十万来,马上就可以自己顶一幢了,也省得挤在客堂里局促。”

她的女佣听不过,就不免替林太太表示同情起来,常常在背后切切擦擦说她:"怪不得我们少爷不欢喜她哩,连我们外边人听着也讨厌。"林太太摆手叫她快别言语,女佣默然了,只见甬道门旁徐徐转过张瘦削的淡黄脸来,下巴尖得像锥子快要刺死人了,眼睛恶狠狠盯着女佣冷笑道:"叫你洗衣服已经洗完了么?就再擦一次地板也不会太清洁呀,倒有工夫跟人家瞎嚼蛆。"女佣咕嘟着嘴说:"地板早擦过了,衣服先涂些肥皂给它熬一下,慢慢地再洗清不迟。"她不禁踉跄上前几乎要推她道:"我叫你去洗你敢推三阻四的不去?究竟听了谁的指使呀?同那人要好就到那人家做去。"她知道即使马上辞歇了女佣,林家也不敢收留她的,她说着有威风,他们都得害怕她。

为了这点以任意磨折人为威风的心理,她几乎牺牲了自己的快乐。她整日苦恼地想着怎样才能使女佣不得空儿,不能同林太太说句话,甚至于连点头招呼笑一笑都不可以。她又计划着如何关了火表使林先生在黄昏时瞧不见书上的字,即使他情愿多付电费了也不可以。即使绝不会超过电力限制也不可以,她的目的只要使人家不舒服——人家不舒服了,她即使也不舒服,总可以吐一些气。

她气呼呼地把一切人的不是处统统告诉给丈夫听,恨不得丈夫听了就不问情由地跑下楼去同别人家闹个尽兴才好。但是她丈夫总不作声,样子似乎很厌烦。她恨恨地觉得丈夫难道也存心偏着林太太或女佣吗?想了又想总不免说出口来,丈夫闷声不响地披上外衣走了,她感到委屈,一个受委屈的女人是更加需要在别的女人头上找发泄的。

但是没有人同情她,甚至于她自己的孩子。

幸而有一个远亲来了,她想到打牌,到外面再去邀了一个人来,又拉林太太做搭子。这时候女佣也似乎殷勤听话起来了,孩子们有人给他吃东西,没人给他吃东西都不管,她只专心一意地等着牌。她的眼睛直瞪着,只是不可怕,手指轻轻拨弄自己的尖下巴。假如这只紧要的牌真个到手了,她就立刻长长地舒口气,眼睛细眯起来,忘记了抽水马桶与电灯光节省,只叫女佣快绞毛巾来。林太太瞧她一面笑着一面连擦额上的汗,嘴里咭咭呱呱说个不休,便觉得这才像个亲切的邻居样子,不是平日般惹人咒诅的二房东太太了①。

(原载1944年8月10日《小天地》第1期)

① 原刊如此,未完。

消　夏　录

据说夏天是宜于睡觉的，然而我不。清晨的凉爽空气从窗口透进来，我便不忍再恋床了。于是悄悄地起身，披上蓝条子浴衣，趿着软皮拖鞋出来。啊！天空是这样高高的，有稀薄的云，丝丝忽忽，飘得人心绪不定。

我住在公寓楼下的房间里，窗前有一条甬道，两旁栽着绿荫荫的树。这些树也会开花，有红有白，我不知道它的名字，也不想查植物教科书。很可惜的，孩子们为了要撷取花朵，常把树枝硬拖下去，攀折、践踏，把它们弄得凌乱了。公寓里佣人则是专营副业，有的开小吃食铺，卖面卖蛋炒饭，有的整天到晚往外跑，不知在干些甚营生，总而言之，没有人管打扫等杂务就是了。

我悄悄沿着甬道走，阒无声息，不敢惊动人们的好梦。我知道这里的芳邻都是惯过夜生活的，不论春夏秋冬，总是在黄昏后打扮、叉麻将、跳舞，或者干些男男女女的事。我不能想象，在汗流遍体的夏夜，两个人不顾气味紧粘在一起有什么好处?在早晨,是他们倦极而卧的时候了,我不愿惊醒他们——一个也不愿,怕扰乱这空气的冷清。

渐渐地,东方有了曙光,人声似乎也渐渐大起来了。我想起今天必须做的事,还是回房梳洗吧,但总觉得有一桩心事未了似的,一时想不出,继而就恍惚了,原来这甬道之旁充满了垃圾。我不愿轻易喊佣人来扫,一则怕着他们勉强的样子,二则不愿自己心中的一缕甜美消失得太快,同这种蠢人一交口,什么都完了;于是偷偷地我取了他们的扫帚,把落叶碎纸瓜皮等都拨在一起,聚成堆,然后溜回自己的房间里濯手去了。有几次梳洗完毕,瞧着时间还早,我不忍遽出去,只站在窗前流盼远景;直至太阳真的晒下来了,桌上满是红光,只得叹口气,无可奈何地坐上三轮车而去。

说起坐车,入夏以来我总是乘坐三轮车的。因为电车太挤,而且门前没有站,下车时也不见得马上就是目的地,两头得跑路,未免不高兴。黄包车则又是自己坐得高高的,瞧着人家汗流浃背在舍命拉跑,实在看着心有不忍。即使撇开人道主义不讲,黄包车夫在大热天边跑边喘气,后来眼看着一步懒一步了,大热太阳正对面晒着也不好受,何况这些小三子之流又常爱使牛性子,不是在四岔路口一放不肯再往前走,便是甫抵弄堂口便把车子用力一摔说:“到了,下去吧!”那时就是你存心多给钱也难以出口,结果不是大骂一场,便是忍气吞声了事,想来想去还是坐三轮车上算。

双人座的三轮车以及有一种单人三轮车都是车夫在前踏的。有一次车夫对我撒了一个屁,有一个车夫的裤腰破了,使我不禁起了恶心。从此我就专拣单人座位在前面的小车坐，则他在后面如何挥汗踏着的样我可以瞧不见，而且车身低，当它载着我在地面上如飞溜过时，仿佛一切高耸的建筑物都在云朵中飘动，两旁的树木萧萧然，路如弓形的桥，灰扑扑的，略带青色，似乎瞧不见尘埃，但却有些迷迷糊糊的。

我匆匆地办完了事，马上便回家了。夏天不宜于访友，也不盼望朋友来访。在会客厅里，男人穿了长裤西装，女人旗衫烫得顶挺括的，即使有电扇也受不了，何况现在又是不准使用的，于是男的小心地挥着某某名人书写并画的大折扇，女的只把纤巧精小的檀香扇子掩口微笑，外观虽都还不错，里衣不一会就都给汗湿透了。多苦啊！我是只想脱尽了衣服只披上一件蓝条子绸制的浴衣，假如有客人，便适宜于随便谈谈，男的假如是兄弟或丈夫，也不妨让他们穿着汗背心短裤，大家最好说的是笑话，晚间则轮流讲鬼故事，大可避暑消夏。

但是我只有一个人住着，因此我便默默地。午饭我总不想吃，只吃些西瓜，或是汽水，或是冰淇淋。有时候我忽然想到营养方面去，就叫公寓里厨子做碗青菜番茄汤，略加几丝牛肉或是虾米。吃过午饭，也不睡午觉，只把帘子统统放下来，房间里呈暗绿色，我独自铺了条草席坐在地板上，在房子正中央，瞑目端坐，像老僧入定，便觉身心清凉起来，可以不挥扇了。即使要扇也应摇得轻而且缓，我顶不赞成起劲挥扇，又吃力，有时反而更加热燥，终于手臂也酸起来了。

我静坐着，有时也颇多诗意的幻想。但是我不愿即写，夏天写文章是辛苦的，而且自己相信一定写不好。我只是想着，不久就忘了，虽有些可惜，但亦始终听它去。我不想钱，不想爱，夏天只是一个人的，静而悠闲，到了秋冬再为生活而劳作吧！

朋友介绍我看《孤星泪》，我买了本，放在书桌上，隔天替它拭去灰尘，但却始终不翻阅。夏天只宜读短的散文，普通小说已嫌腻烦，更何况是长篇外国文的？留待秋凉后再说吧，傍晚浴后我坐靠窗的沙发上，觉得外面太嘈杂，仿佛天空也给嚷得混乱了。云霞淡星与落日凑在一起，压得低低的，就像在头顶，我不愿让日光与它们再接触。于是垂下花网巾的长窗帘，我只随手拿起本诗集来低吟，自己听自己的声音，觉得念王渔洋的《秦淮杂诗》时像正旦，念杜甫的《秋兴八首》时像老生。

晚饭时我颇希望有人来谈谈，但结果常不能如意，也绝不去邀约人家。独自吃完了晚饭，汗又流出来了，就用滚烫的热水揩了上下身，换套薄纺绸绣花睡衣裤，绣的是累累结实的紫胡桃，我常站立在穿衣镜前自己端详着，颇引起食欲。可惜附近没有新鲜的水果买，有时我颇想起外婆家的水蜜桃，刚从山上采来，毛茸茸的一层薄皮紧包着绿油油的桃肉，险些儿捏出一股水汁来，甜而鲜美的奉化土产呀。有时我也想到木莲子结的凉食，乡下人不会讲究，用大木桶盛着，各人拿小洋盆舀来喝，加上黄糖水及薄荷汁，每当我凑到唇边时外婆总要再替我放上一把洋白糖，那是特别的待遇，因为我是她们最宠爱的小宝贝哩！

现在一切亲爱的人都远了，甚至于虐待过我的人也离开，世界上就只剩下自己孤零零的一个。我不敢想起，当午夜空袭警报鸣起来的刹那，觉得生命财产以及著作一切都要完结了，没有人听我一句遗言，死得多空虚。几个人同死虽也不能互相分担些肉体上的痛苦，但在精神上总该有帮助的，你瞧着我，我瞧着你，轰的一声，大家跟着炸弹开花了，也罢！——然而这房间里再也找不出别人，四周灯光全熄了，漆黑一片，无底的恐怖哪！

幸而，我们公寓里有个宁波仆欧，他是专值警报班的，天热睡在后天井中，鸣声一起他便得赶紧爬起来，一面嘴里喃喃骂，骂的都是顶下流的宁波土话，使我如归乡里，如依亲邻，觉得就是马上给炸死也可魂魄有傍靠了，我的心于是安定下来。世界上至少有一个人，还有一个人在我的附近存在着啊！

（原载1944年9月1日《天地》第12期）

11 月 11 日上午

是日也,我梳洗完毕便出门去,走不了几十步路便闻拉警报声音,但也不管它,我走我的路。路是相当地冷僻,行人也不多,自警团员就马马虎虎让我通过去了。但瞬间紧急警报又响起,接着就是高射炮声音,我的心里不免有些慌张起来。

什么地方有待避所呢?下意识地想跑进一所大商店去躲一下,不料说时迟那时快,啪的一声,人家铁门就拉拢了。我想:这可是完了呀,还是赶紧奔回家吧。

一路上高射炮声音不绝,我只觉得这个世界是冷落而荒凉的,天空当中像布满了霜。忽地里一声巨响。我身不由主地跑进一家小槽坊里了,在天井中的玻璃棚下站定。一个蓬头妇人似乎露出极厌恶的神气瞪了我一眼,我抱歉地笑说:"外面高射炮厉害,暂时在这里躲一会吧。"她撇嘴不答,只伸手抓了拖鼻涕孩子一把,骂声:"胆小鬼!"自管自地仰天望了。

我趑趄着想出去，只听见那个孩子问妇人道："妈，那人是谁?"接着便是他娘的一声断喝："谁又知道她是谁呀，乱世的时候，问也不问一声!"我听了急急跨出大门，觉得世上真有比死更难受的——尴尬的脸孔与冷酷的心。

走着走着我摸进自己住的公寓里了，两腿酸痛得很，再也不想站到走廊里去躲避，只自拣着楼底客厅里的沙发坐下。沙发的前面有一排彩色玻璃窗子，我想那也是很危险的，然而疲倦只想休息，也就更管不了许多。过了片刻，有几个异国的防空救护队员也来休息了，他们身上都挂着许多救伤的药品；再过片刻，有几个异国的女人也来到这里，正想在我旁边的长沙发里坐下时，那几个救护队员便喊："请到里面去呀，这里靠近玻璃窗。"于是她们就笑谢一声进去了，那些救护队员也自散开，连瞧都不曾瞧我一眼。

一排彩色的玻璃闪耀在我的眼前，我仿佛瞧见自己流血了，孤独地。在最紧张的刹那，生与死只在转瞬间，而人们还是牢记着你与我、他国人民与本国同胞的不同，真可谓偏执之至了。不幸我们生在这个弱国，人家瞧不起咱们，同胞又是够自私自利的，则在危急时除了听天由命外，哪里还有什么别的指望?

11 月 11 日上午是过去了——我的心上受了伤。

（原载 1945 年 1 月 1 日《天地》第 15、16 期）

河　　边

静静的河水,小心地浮着浣锦桥倒影,动也不敢动弹,生怕荡漾间会搅乱这三个端正的字。我家的田庄船懒洋洋地泊在桥边,船身已经很破旧了,正像老而乏力的毛伙一样,喘着气蹲在墙根下晒太阳。我难得瞧见他早晨梳好辫子,直垂到背脊上,而不绾起髻来,接着便是祖母拿出一套半旧的元色直贡呢袄裤,郑重地递给他,一面叮咛他说:“千万别再丢了呀,晚上转来还给我——下次有事再给你穿!”他嗯嗯几声,欢喜地接过袄裤去,只是祖母更不放心了,想再说得厉害些,却也怕没有用,结果还是听天由命地叹一口气。

毛伙吃饱了饭,拿条破烂的蓝土布围裙向腰际束紧,于是祖母又着急起来了:“毛伙,这成什么样子呀?今天又不去挑谷,要这围裙干吗?”但是毛伙不耐烦地回答:“穿着得劲些!”祖母听了也没法反对,只向他说是船到了赶快脱去它罢,千万别穿着到那面丧事人家去,因为祖父是他们请去点主的大宾,毛伙今天做跟班也得像样些……话未说完,他早已挟起一支橹,手拎着箬帽开步走了,浑身显得怪有劲,今天中午有酒有肉够他吃哩,还来理你干吗?于是祖母只好恨恨在背后骂他一声:“这馋嘴的老家伙!”

过一会儿,祖父也装束停当了。黑缎靴子,白布袜(我祖父是从来不穿丝袜纱袜或羊毛袜的),身上穿一件古铜色宁绸袍子,上面的马褂却很摩登,是元色真华丝葛做的,料子乃五姑母送来,说较杭缎温软,穿着比较适意。但后来我祖父却有些嫌它单薄了,于是再在它里面穿上件玄色直贡呢背心,虽说不成款,好在谁也不会瞧见,因为我的祖父一向总很拘礼,即使进了屋子人家再三请他宽马褂,他也决意不肯答应。

一切都停当了,祖母忽然慌张地问:“要束腰带吧?”意思恐怕他着冷。但是祖父凝思了半晌只摇头说:“不用了。”像有些怕麻烦。祖母不敢再问,只把一根色润微红的竹拐杖交给了他,又叫我拿着他的白铜水烟管跟去。

路上我小心翼翼地捧着祖父的水烟管,口中嗫嚅着想说句什么话,却又觉得不好意思向他老人家开口。祖父的神色很和蔼,时时仰面向天空微笑。天空高高的,几缕白云像游丝般在飘,太阳光淡淡散下来,田中的谷子呈金黄色,稻秆显得有些枯焦乏力,像疲劳过甚的怀孕妇人,憔悴地,但却带着一种愉快,使人家能够相信她还支持得住,而不至于替她过于担忧。但是感慨也不能绝对没有,“前些时还是绿油油的一片呢!”祖父缓缓地开口了,似欣喜,又似惋惜,我莫名其妙地跟在后面,心中只想找到毛伙,问问他,总该有些把握吧。

毛伙坐在桥栏上,嘴衔根短旱烟管,正在独个子悠然出神哩。瞧见我同祖父过来了,便把烟管向怀中一塞,原来是不曾点火的。“毛伙!”我祖父到河边站定了唤,一手拿起竹杖指着这只田庄船。竹杖是我家山上斫下来的,粗细很调匀,根头节较密,略带些弯曲形,天然得就像根拐杖样子。我祖父很珍爱它,不时用手抚摩着,久而久之便红润光滑了,他与它常不相离,走时手持着,坐卧下来则让它敧息在旁边。

却说那时我祖父唤一声后,毛伙便再也不敢逗留,匆匆跑到岸边,蹦着向船上跨去。“当心!”我不由自主地跟着祖父齐声喊出来,但已来不及,船身乱晃滚转,连静静的河水也不得不连续皱眉,终于搅坏了浣锦桥倒影,那桥门上端正的字是更不必说,瞧不清楚了。

直等到毛伙持橹在船梢站稳了,一面还伸出另一只手来搀扶我祖父时,祖父且不举步,再仔细审察了一番,然后回头关照我别动,这才自己小心地踏进船舱去。我的心里很难过,因为不能随了他们到丧事人家去,唯一的希望刚才欲语还休的,便是希望他们能替我带些水果、花生等回来。“毛伙,”我常听见祖母在动身时悄悄叮嘱他,一面递给他一块白土布手巾,“把先生正筵上吃剩的水果、花生等包了拿回来,阿青在等着你哩!”于是毛伙“嗯嗯”了两声,我很疑心他没有听懂,接着也想再说一遍,可是给祖母摇手止住了,恐怕让祖父在里面听了去。——祖父是不论亲疏远近,婚丧嫁娶一律都只送四角钱的,叫祖母拿张红纸包好了,送出去就算,绝不要人家回礼,而且在可能范围内,也不肯轻易赶去吃喜酒或是斋饭。然而祖母却不然了,她恨不得把我们这些孙子孙女全带去才好,又恨不得把所有吃剩的东西全带了回来,可是祖父绝对不许她这么做,因此她只好悄悄地关照毛伙了。

毛伙别的都笨,然而在吃的上头倒绝不能算笨。看,他已经小心地把白布揣进怀里去了,预备给我们带回来大大的一包——水果、花生与一切意想不到的好东西。——然而今天我似乎没有听见祖母嘱咐他,也没有瞧见他把什么白布或别种手巾之类揣进怀里去。这可怎么办呢?问又问不得……我只得怏怏地把白铜水烟管递给了祖父。

我记得很清楚,我这一天回家后是如何地默默只坐在灶头间,祖母问我要糍粑吃吗也不理,邻家的月仙姑喊我同去捉蚱蜢也不理,最后她们只得断定我是病了,由祖母半哄半强迫地把我推进被窝里,一面剥胡桃与杏仁给我吃,一面絮絮讲毛伙的故事:

“这家伙真是滥好人,”祖母轻轻叹息着说,“就是没分寸。上次我叫他送年礼到你的外婆家去,你的外婆把酒给他喝多了,回来半途上他便醉倒在凉亭里。后来瞧见一个老乞丐没衣穿,他便仗着醉时身热,把你祖父才送他不久的一件丝棉袄子送给老乞丐了,还把你外婆给他的力钱也送掉,这傻子回到家里便冻得发抖,一言不发地往灶洞里一钻,才真把我笑死气死咧。——从此我便再不肯送给他袄裤而只说是借给他了。”

毛伙真是个奇怪的人!

他的家世是谁也不明白的,他自己也绝不曾提起过,好在人们也没有研究它的必要。他的出现在30余年前,那时我的祖父新中了举人,家里正感到佣人不够,于是就由一个撑柴船的老大介绍,把他带到了我家。“他的身体很结实,”我祖母说,“只是看去像只没嘴的葫芦。我有些嫌他笨,可是你祖父说,做长工只要有力气,人还是老实些好。”

他的不会说话,真是出乎人意外的。有一次我的外婆病了,母亲差他去探病,他跑到外婆家里便自一屁股在阶石上坐定,摸出根旱烟管来衔上大半天。我外婆忍不住了,亲自扶出到阶前来问他,少奶奶可有什么说的。他苦思半晌后哧哧答道:“没……没有。”我外婆笑着说:“难道连问我的病可好一些都没有说吗?”他这才恍然大悟,不禁开眼笑地嗯嗯应道:“不错,是有这么一句话,是有这么一句话!”惹得外婆家的人都笑了。

而且人家笑话他也不止这一次,据说在辛亥革命那年,城中的军警人等正在忙着替顽固老百姓剪辫子,毛伙不留心时事,自然不知道那些,人们也没有巴巴地跑来告诉他。有一次我祖父差他上城送信去了,在城门口碰到一群人硬要替他剪辫子,他立刻把脸色涨红得像猪肝似的,一面心中火冒想:“连辫子都留不住了,还要命干吗?”于是挣脱身子奋力向河心一跳,给救起来时已口吐白沫,恰巧那群人又是誓不达到目的不休的,在他水淋淋的时候仍旧替他把辫子剪掉,于是他伤了心,立誓终身不上城去,回到乡下他再蓄长了发。

于是有人问他:“你也想忠于皇帝吗?”他却莫明其妙地连连摇头道:

“皇帝我不认识他。”“那么为什么一定要留辫子呢?”“这个,”他开始藐视那问话的人了,连留辫子的好处也不晓得,“我不要戴箬帽的吗? 没有辫子盘绕在头顶,帽子可能戴得牢靠?”原来为了这,他才拼性命想保留辫子,人们都笑他的蠢,他也绝不管。

我瞧见他总是赤膊戴着这顶箬帽,不是挑沉重的谷担,便是在舂米,或做田园的粗活。他时时喘着气,但不大肯休息。有时我祖母瞧着不忍,对他说:“毛伙你歇歇吧,拼什么老命?”他听了不但不感激,反而像受了侮辱似的不禁骤怒道:“谁说我没有力气? 我虽老却一样地能够做活,这般小伙子比得上我吗?”祖母没奈何只得叹口气说:“不识抬举的蠢牛!”一面使眼色叫我告诉祖父去。因为祖父出来了,他便不敢不服老,只得咕嘟着嘴坐下来休息了。

不戴箬帽的时候,他把辫子绕一个髻,这样做起事来显得利落一些。我很怕见他的脸孔,有时候他挑着谷子进仓去了,我正在仓中玩呢,他便连声怒喝:“还不快滚出去! 滚!”气得我连连顿足:“老东西不要你讲话!”但也不敢不让开,否则给他撞倒了可不是玩的。“快出去!”他把谷倒在地上又回过头来驱逐我了。我恨恨地只得走出谷仓,但也不甘就下去,只在门口张望。天报应,他在咳呛呢,咳得很重而且是连声的,额上青筋暴胀,像是喉头很难过,不禁伸进两三只手指去捏,呕出来的都是鲜血,天哪! 他似乎也吓着了,连忙用穿草鞋的脚一阵乱擦,手指上的血顺便抹在仓壁上,横涂竖擦都是,惊回头瞧见我还在张望,便又喘着叮嘱我说:“别去告诉祖父母呀,我要做活,他们知道了不答应呢。"

这件事我曾犹豫了好久,有一天终于悄悄地告诉祖母了,祖母又告诉祖父,从此祖父就不许他再做太吃力的事了,白天闲着毛伙便只好喘着气晒太阳。有时候我轻轻地溜到他旁边,带着怯怯的眼光望着他,意在求他饶恕。他的脸色是阴沉的,见了我喃喃向我诉说过去:"莫道我没有气力,只要晚上睡的是硬木板,一觉醒来,我就可挑着谷子飞奔上楼呢……"他的睡处在便桶间楼上,一扇门板横搁着。硬是不用说,但是毛伙却觉得舒服,晚上胡乱把围裙除下就钻进去,不脱衣也不用点灯,躺下去便呼呼睡熟了。他不喜欢睡棕棚床,因此他从不回家去,虽然他也有一个妻。

他的妻子要钱用了便跑到我家来,向他讨不着,就只好对我的祖父诉说。她是一个矮小的妇人,生得也不甚难看,可惜眼睑有些红烂。据我家的老妈子悄悄地告诉我说,她是有姘头的,也曾养过一个孩子,当然以前毛伙从不曾回家去过,也不知孩子是怎样来的,但是她既然生出来了,毛伙瞧着也喜欢,破例在月子里常回家去。可惜不久那孩子死了,他的妻子常常痛哭,因此眼睑便有了毛病,姘头终于不要她了,她便常来我家找毛伙缠扰——我的祖父母自始就常劝令毛伙回家去宿,但是毛伙坚持不肯让女人淘坏了身子,他要做活!

做活自然是为赚钱啰!然而他自己又不会花。每到年底我的祖父总提醒他:毛伙,你也赚些钱啦,要买些什么吧?但是他总归摇头说想不出。只是有人向他借,许出重利,他就觉得很有意思,一一把钱给了,从此便不曾讨回来过。因为人家都知道他的弱点,他来讨时只要把面孔一板说:“这不是要我的命吗? 钱是没有,你要就拿我这条命去!”于是,他便怔住了,赶紧安慰人家,有时候还要再多借给他些,说明以后一齐还。也有人比较心软一些,不忍过于欺弄他,便叫孩子打几斤黄酒来,一包长生果,劝毛伙慢慢剥着吃、喝。他便觉得过意不去了,不唯不开口讨钱,有时还自恨力薄不能再多借些给他哩。

吃喝是毛伙最大的快乐,大杯的酒,大块的肉,他似乎此身已飘飘然了。祖父替人家点主去,揖让进退,他一些也瞧不见,因为他正在大吃大喝图个畅快哩。饮够了酒,他只自回到船上呼呼睡去,人家送给他四只橘子解渴,他也不理会,一把揣在怀里就忘了。直到祖父给他们吹吹打打地送着下船时,他这才睁开眼来一手抓橹子,身子站着摇摇晃晃的。祖父没奈何,上了船只好自己用手杖帮着他往岸推;使船漾到河中央去,毛伙的身子摇摇欲坠,祖父低声唤他着意拿定橹子,别把它一失手掉在河心了。

这一天直到黄昏还不见祖父回来,祖母急得坐立不安,三番五次想叫我到河边去望,又恐怕我病着,给风吹坏了可不是玩的。至于我呢,睡在床上也觉得不安,几次想启齿问祖母可有把白布巾交毛伙带去,就恐怕失望的成分居多,还是自己去瞧瞧吧。

“我要到河边去!”我挣扎着起来向祖母说,然而祖母慌了:“你在说梦话吧?”

“不,我要到河边去!”

祖母看看拗不过我,就说要去须由她陪着我出去,我骇异了。她是除归宁外向来难得出大门的,这次想是等着急了,恐怕我祖父有什么意外,因此不惜到外面去抛头露面了吧。但是这也不管她,我们还是再多穿件衣服,祖孙两人手携手儿出去了。

天空渐渐暗起来,远处的树叶模糊了,渐渐连枝儿也看不清楚,树干儿像一条条黑影。河水也是静静的,显得更深更黑,使得人害怕。"莫不是他们……?"祖母战栗着锐声说了,我也不禁心慌起来。河水没有动静,自然不会有什么船撑过桥来,我呆呆地瞧着它,眼睛渐渐睁大,连眨也不敢眨,只盼望着它忽然会一皱眉,那是喜兆——祖父同毛伙回来了。

"回来了!"祖母忽然拍着我肩膀说。我不能相信,缓缓地抬起头来,可不是,只见桥那边祖父吃力地扶着毛伙走上来,我不禁欢呼一声直奔迎过去,毛伙把身子一晃就坐在桥栏上了,橘子只只从怀中跌撞出来,我大喜过望……

原来他醉了,连船也撑不动,祖父只得费力地帮着他。直至进了这条河口,眼看着他连橹也持不动了,祖父不会撑船,只好弃舟登岸,扶着他一步一摇地回家来。现在,谢谢天,好容易到了浣锦桥上了!这时祖母更管不得避嫌,抢步上前去帮着祖父搀扶他重新站起来,于是他们三个人在前面,我牢牢捧着橘子跟在后,吃力地却幸而带着欣慰,一步步离开了这河边。

(原载1945年1月《杂志》第14卷4期)

夏天的吃

人生自然有崇高的目的，也有所谓艺术之类——凡我所不懂的东西统称之曰艺术，使我莫名其妙的人则称之为艺术家。夫艺术者，欺骗也，在我看来总有些飘飘然，实际上乃是毫不着边际的东西——这可是很好的。不过在人们仅能解决最低限度的物质生活之际，甚至连最低限度的物质生活还没法解决的时候，艺术似乎总应该屈居于次要地位，因为人们先要求的是“饮食男女”。男女的事也不便多谈，而且在夏天，汗涔涔的其实没有什么意思，这可还是先从饮食开始吧。

炎热的太阳直逼下来，人们最好能藏居在深院；光阴寂寂自然有些难堪，不过可以想吃。记得我幼年时代住在山乡，整天到晚，厌倦了吵起来时外婆总是喂我吃蒸熟南瓜的。那时南瓜原是在自己田园中种着的，多得很，又老又甜，皮色都姜黄了，摘下来洗净后，剖做十数块，去其籽，就这样放进饭镬里蒸，什么料理都不用加，饭熟以后，所蒸南瓜也就随之而熟透了。于是外婆揭开镬盖,把它们一块块取出来,搁在盘中使凉,我等不及嚷着要吃,外婆就拣连蒂的一方块给我,因为拿着不至于烫手,而瓤似乎也更显得厚实,可惜每只南瓜就只有这么一个蒂,因此小舅父常吃不着,他气得哭了,外公敲他脑袋。熟南瓜块凉着罩起来可以吃上整天,我们就是这样吃得长大起来的。

我的爸爸在夏天有几只常爱吃的小菜,一只是麻油盐拌豆腐,拌法很简单,只要把嫩豆腐买来,开水冲过,然后浇上香麻油,洒些淡竹盐细屑,用筷拌起来就得了。另一只是火腿丝拌绿豆芽,那时金华火腿在宁波卖得很便宜,我们家里总是永远这么挂着三四只的,把它切下一块来蒸熟,撕成丝,然后再把绿豆芽去根,在沸汤中一放下去便捞出来,不可过熟,这样同上述火腿丝搅在一起,外加虾子酱油及陈醋,吃着新鲜而且清脆。夏天的小菜顶好不要用油煎烧,我爸爸就说杀只鸡吧,也爱把白切鸡肉抹上盐,过了三四小时后再加大量竹叶青(酒名)使浸着,到了次日便可以用匙捞出来吃了。还有紫褐色的光滑而润的茄子也惹人怜爱,宁波茄子没有上海的那么粗大,它是细细软条子,当中很少粒子,从田里摘下来便洗干净,也是蒸熟透,与蕃茄拌和着吃是怪鲜口的,酱油可用定海的洛泗油。

至于饮料方面呢?乡下没有美女牌冰砖,我在外婆家的时候,长工们常在山上采来许多木莲子,一只只像秤锤般,草绿色,比梨略小。他们不知用何法把它结成乳白色凉冻块我可不详细了,只知道结好后用木桶盛着，吊在井里使冰凉，然后用蓝花粗碗舀来吃。我也跟着他们吃，外婆特地为我熬好糖露，加上薄荷汁，薄荷叶子也是自己在野外新鲜采得来的，炼成汁，喝起来齿颊生香。后来我回到自己家里，这可比较细气了，是用洋菜结成冻，冰之使凉透，加上某一种果子露，那自然更好吃了。

我们乡下还多的是水果，白糖梅子虽不喊卖，但青梅采下来也可自己蘸蜜汁嚼。慈溪的杨梅又浓紫又坚实又大，颗颗像带刺般，孩子们口角流出紫罗兰般颜色的汁。杨梅红自有其独立的性质，它是鲜美的，比起杜鹃花的娇红来显得略为郑重。水蜜桃更是不必说了，皮色黄中夹青，其肉却是红润的，汁味甜带鲜。那原是奉化著名的特产，在交通方便时，每年大量运沪。我爸爸可不留心这些，他也爱吃水蜜桃，因此在盛暑归家时总爱大篓地购回来分送亲友，外婆家当然送去许多。精致的细竹篾制的篓子里，底层衬着叶，上面一只只都是小心地用淡红薄洋纸包着的名贵鲜果，外婆挖开包纸一瞧：天晓得！还不是本乡遍山都种的水蜜桃吗？只不过在上海包了一层纸回来，而颜色已褪显得憔悴了，不像以前般娇滴滴地。

“这是上海出产的桃子呀，”外婆只好骄傲地向邻人说，而且每家分送她们几个。“毕竟味道好。而且孩子吃起来也便当，用不着带围涎，果汁都已化作肉哩。”邻人们听了居然也不胜佩服，煞费踌躇地大家不肯先动手挖开包纸，结果还是外婆先挖给她们瞧了，她们才大胆照着样子做。有几只桃子已经烂了，但是没关系，上海货毕竟是上海货呀，花过大钱买来的,吃时得仔细咀嚼,就是包纸也舍不得丢掉,等会儿毛毛放牛回来了送给他折苍蝇笼可是好!

(原载1945年7月《风雨谈》第20期)

归　宿

在一个寒冷的早晨,母亲忽然到上海来了。陪她走进我房间的是我的堂妹夫时人,接着车夫又拎进许多大大小小的网篮包裹,出乎我意外地,我不禁揉着眼睛说:“咦,母亲?”

她在笑,不,又像在哭着。

时人便替她回答道:“婶婶因为很惦记你们,所以决定跟我来上海一趟,临行匆匆的,也来不及通知你们。——姐姐,你同孩子们都好吗?”

我这才想到从未见过外婆的面的菱菱与元元,连忙走近床前喊:“快起来呀,外婆来了!”

菱菱笑吟吟地看了母亲一眼,只不言语,一会儿又带羞问我:“妈,她……她就是外婆吗?”我说:“是呀。”她这才低低喊了一声“外婆”。母亲再也顾不得时人在旁,快步过来捧着她的面孔净瞧,一面又问:“还有我的元元呢?”元元的头钻在被底下,本来略掀开被头一角在窥视的,经母亲这么一说,他就迅速地钻进被窝去了,再喊他也不肯伸头来,母亲也就不勉强,只对着他在被中一拱一拱的身子说:“元元,别害羞呀,外婆给你们带了许多乡下吃食来呢!”说毕,只见被头的一角又掀了起来,元元的乌灼灼眼球在转动着,母亲瞧着不禁微笑起来了。

笑,充满了这小小的房间。

时人告辞走了,我们也不挽留他。于是母亲忙着解包裹,取出桃酥、百果糕、酱油瓜子之类,孩子们嚷着就要吃。我叫女佣替他们穿衣服,但是母亲说:“慢着起来吧,在被窝里面先吃些糕也一样的。”我不禁想起他们尚未漱口哩,然而母亲已经把百果糕撕开分给他们了,他们也急急往嘴里送,我还多说些什么呢?

百果糕是糯米做的,嵌着胡桃肉,又甜又软,菱菱把它粘在棉被上了,扯不下来,只好用齿去咬取,元元则是整块塞进嘴里了,于心不足,仍旧抢着要去舔菱菱粘在棉被上的糕,两人就此吵起架来了。

母亲连忙喊他们说:“菱菱元元别闹呀,外婆还有好东西哩!”一面说,一面在网篮底里捧出只小碗来,碗口有厚纸覆着,母亲把它揭去,伸手入内掏摸半晌,这才高兴地说道:“真好,蛋连一只也没有碎。”说着便拿出两只光鲜可爱的小蛋来给我观看,元元嚷着也要瞧。母亲说:“这鸡蛋是生的,要煮过才好吃,元元同姐姐快些起床,叫你们的妈妈给你们烧几只吧。”

我心里暗想鸡蛋是顶普通的东西,母亲把它们盛在碗里,拌好糠屑,不远千里带到上海来，不怕多麻烦吗？但是母亲却不肯这样想，她说今年买了四只小鸡，到养大来只剩两只了，都是雌的，本想这次带到上海来给我们吃，但是它们实在会生蛋，天天一个，从来不偷懒的。“我把这些蛋一个一个拾起来，积到如今，已经有百把个了，多有趣。”她一面说一面把碗里的蛋陆续摸取出来，放在桌上，又恐怕要滚下去打碎了，叫我去取一只空面盆来。都是小小巧巧的椭圆形东西，蛋壳揩得很干净，只有一个是涂着血，据母亲说那是黑母鸡的初生蛋，吃了很滋补，再三叮嘱我要煮给男孩元元吃。

她又夸奖那两只鸡，一只是黑的，毛羽乌得发光，连脚爪都没有例外。其他一只则是黄白黑三色夹杂的，她就叫它“花背心”，意思说它的身上仿佛披着花背心一般。她对它们很爱惜，因此舍不得带来给我们吃掉，把它们寄养在隔壁六婶婶家里。“我对她说过这次出来至多一个月就要回去，所以就交给她一个月的糠与米。”

我说：“母亲，你在乡下也不过是一个人，还是长住在这里吧，也可以替我照管菱菱与元元。”

母亲似乎也很高兴，便对正走下床的孩子们说：“这样也好，外婆从此不养黑母鸡与花背心，帮你妈妈照管菱菱与元元了。”

女拥捧三碗蛋糊来，母亲是吃长斋的，只微微笑着瞧元元猴急喝下去的样子。

第一天，大家都有说不完的话。

第二天,我提议请母亲出去看绍兴戏,看完了戏到功德林吃素斋。母亲也没有怎样反对,只说:“恐怕钱太贵吧。”我说母亲难得来的,应该去玩一趟,母亲就说要带孩子们同去,我也只好依从她了。

在戏院中,元元吵着要买吃食,我不肯,母亲总是说孩子吃些糖果又吃不坏的。后来又喝茶,喝得多了就小便,这样不待戏毕我们便出来了,因为母亲说是等戏做完后人都挤出来,恐怕会走失孩子。在功德林吃素斋时也是乱七八糟的,先是元元用筷敲桌子喊:“菜快来!”吃了几筷又嚷不要吃了,跳下座位来到处乱钻。母亲埋怨我,说是菜点得太多了,这几个人吃不光,心想问他们借只纸袋把点心之类包起来带回家中去吃。我劝母亲还是算了吧。母亲只是惋惜着,毕竟也没有什么好办法,就劝我多多吃下去吧,把我的肚子塞得怪难过,她自己也似乎在拼命咽下去。

第三天,菱菱病了,医生说是伤风积食,母亲却说是她又没有元元吃得多,元元倒没什么,她就会积食了吗?大概是马路上汽车来往太多了,喇叭又揿得响,因此唬坏了娇滴滴的女孩儿家。

菱菱病愈之后,元元又病了,也是便秘,肚子痛,母亲这才没有话说了。她老人家忙着替我照管这样,照管那样的,可是其间也有一些不便,就是她不愿意直接吩咐佣人,要她去做的事总要对我说了,叫我再去吩咐她。我说:“母亲,我们出钱雇的佣人,你又何必同她客气呢?”母亲默然半晌道:“话不是这样说的,上海找佣人难,假使她一旦赌气走了,你的事情这样忙,我又帮不了你,这可是怎么好呢?”

渐渐地，母亲饭量也减少了。她不再爱喝浓苦的茶汁，也不常抽烟，只自静静地坐在沙发上。起初我以为她是无聊，强陪她出去，有时逛公园，有时看中国电影。每次出去母亲总是要带着孩子，不过现在可不大买东西给他们吃了，她只一路拣玩具送他们。他们也很欣喜，不过有些东西还不曾带回家便弄坏了，母亲瞧着倒也没有十分肉痛的样子，她说东西原是给孩子玩的，弄坏了也就算数，孩子毕竟比不得大人喽，若是买玩具老不会弄坏，大街上还要开着这许多玩具铺子干吗？

后来我主张不要带孩子们出去，因为他们念书也要紧，常常请假，恐怕要留级的。母亲没有话说。不过从此她在外面便没有瞧呀吃的心思了，她只惦记小的孩子会不会跌跤，又恐怕他们弄电炉，报上登载着每次起火的原因都不是为了走电吗？

在一个寂寞的夜里，母亲终于对我说出一番话来了。

起先是我忽然从梦中惊醒过来，似乎听见邻床有母亲咳嗽的声音，我略欠身子往外瞧，可不是她正坐在床上吸烟，一面咳呛频频。我问："母亲，你要喝些茶吗？"她说也好，不过叫我穿好衣服再替她去倒。我遵命穿上旗袍拖鞋，想去开灯时，母亲摇手说不要，她怕强烈的灯光会惊醒孩子们，窗外有银灰色月光，我瞧见母亲的脸色庄严得可怕。

我站在她的床前，弯腰把茶壶递给她。她接过去略啜几口，摆手叫我在床沿坐下，半晌，她这才决然对我说："阿青，我过几天要回家去了。"

我惊异地问："怎么啦，母亲，你住不惯上海吗？"

她说:“不,我自己乡下的事情也丢不掉。”

“你在乡下还有什么可牵挂的事情呢?现在离收租的时期又远得很……”

“就是那两只鸡,”母亲忧愁地说,“我天天地惦记它们,留给六婶的糠与米恐也快要完了。”

“那有什么要紧呢?写封信去叫六婶代买一些,将来可以还给她的。再不然,就干脆把这两只母鸡送给了六婶也行。”

“它们每天会生一个蛋呢,从来不偷懒的。”

“蛋有什么希罕?上海多得是!”我不禁笑了起来。

母亲怪不高兴地说道:“你看什么事情都稀松平常,那是你不懂事,将来赚不着铜钿的时候可犯关哩。”

我得意地笑道:“母亲,我离婚出来的时候,不是连一个钱也没有吗?怎么会好好地活到现在呢?一个人只要有一技之长,总也不愁没饭吃……”

母亲打断我的话说:“但愿你能够常常如此才好。唉,阿青,你知道我这次为什么到上海来的?难道是为了瞧热闹吗?我才没有这种开心的想法哩!我是为着不知你如何在过活,孩子们又长得怎样了,才发起这个大愿心赶来看看你们的。都是前世不修,今生才会碰到如此男人。不过你也不用怨恨他,好好地把孩子养得大了,到头来怕还不依旧好好的是夫妻吗?我只记得他第一次到我家来做新女婿的时候,高高的身材,清秀的脸蛋儿,开口亲亲热热便喊我一声姆妈,想不到如今……”她的声音有些凄楚起来,我不禁打断她的话说:“母亲,我已经同他离婚了,你还去提起他干吗?”

“离婚尽管离婚,夫妻终归夫妻。”她斩钉截铁地说,“将来元元长大了,叫你是妈,叫他是爸爸,他好意思不应吗?”

我摇头不语。月光如水般直泻进屋子里来。母亲又喝了两口茶,脸色更庄严起来,良久,她放下茶壶对我说道:“阿青,你告诉我,你不会再嫁人吗?”

“……”我一时答不出来,心想若有合乎理想的人,又为什么一定不嫁呢?

“天下的男人没有一个好的,”她不禁悲哀地说,“在没有娶你的时候,他们嘴里会说得如蜜一般得甜;等到你已经嫁给他了,还不是依旧把你当作一件破衣衫,轻轻撂在一边?况且你又有儿有女……”

“母亲,现在的男人可是有新思想的了。”我觉得她伤了我的自尊心,忍不住改正她说。

她冷冷笑了一声道:“别的思想可以新,这种思想可是永不会新的。等你上了第二次当便后悔不及的了。而且初嫁不好有人同情你,再嫁若不落位,人家对你可只有嘲笑呀。”

我听得不耐烦,便赌气说:“这样我就永远不再嫁好了。”

她以为我真是被劝醒了,便欢喜无量地说:“这才是我的好孩子。——

阿青,我还有一句话要对你说,我前月已在湖汇山买了一块圹地,风水很好的,面积也宽大,我想回去写一张遗嘱,叫你弟弟将来替我们做圹时剩出一方空地,将来你便同我永远做伴好了。”

我笑道:“母亲,等我老死上湖汇山的时候,也许你早已到别处投胎去了呢?”

她一本正经地答道:“假使我今日同你说好了,我会等你的,我们娘儿俩一生苦命,魂灵在山中也要痛哭一场呀。”

这时我想起恋妓弃家的亡父,又想起与亡父曾订过婚,但在 8 岁上便夭折了的亡父先配连氏,便问:“母亲,你葬在湖汇山上,父亲与连家母亲也与你合葬吗?”

她想了一想说:“我当初的确很恨你的父亲,但是如今人也老了,气也没有了,女人怎么可以不生死追随她的丈夫呢?”

“在墓碑上你便算是他的德配吗?”我问。

“也许应该写继配,我也不大明白。”她答。

“然则我的墓碑又该如何写法呢?”我问。

她想了片刻说:“奉化有蒋母之墓,将来元元长大了,一定会替你争口气的,他也许做了大官,你的墓碑就可以仿此办法写呀。”

但是我摇头不语。我幻想着 30 年后,青山常在,绿水长流,而我却归黄土,是不是果在湖汇山上虽不得而知,但总有我的葬身之地吧。我将来墓碑上大书“文人苏青之墓”,因为我的文章虽然不好,但我的确是写它的,已经写了不少,而且还在继续地写下去,预备把它当作终身职业,怎么不可以标明一个自己的身份呢?

将来也许会有人见了它说:“哦,这里就是苏青的坟吗?”

也许会有人说:“苏青是谁呢?哦,是文人。她有什么作品?待我去找找看。”虽然那时候我已享用不到版税了,但我还是乐于有人买书的。

我又想起不久以前曾在南京见过袁子才墓,他也是同他父母葬在一块儿的,还有他的太太,还有6个夫人,假使有鬼的话,他们在地下多热闹呀。袁子才的诗我只记得一首,是咏刘备招亲的,说是:“刀光如雪洞房秋,始信人间作婿愁;烛影摇红郎半醉,合欢床上梦荆州。”我觉得末句最好,世界上有许多心不在焉而同太太合欢的人,不是梦着股票黄金便是想做国府委员了,这等人则女人虽生与之同室,死与之同穴,亦何乐哉?

想到这里,我也就释然于怀,觉得不嫁也罢,于是与母亲谈了一回将来同葬湖汇山上的事,然后安心归寝。

次日清晨,母亲又把我喊醒来说:“到虹庙去烧一次香吧。”我当然不肯反对,那时候孩子们还睡着,我把佣人喊醒来嘱咐好了,便陪母亲去进香。在虹庙门首有许多香烛摊,母亲拣了一束顶好的线香,我要替她付钱,她坚决不肯说:“我已经五十多岁,以后没有重大事故恐怕再不会到上海了,这是我对菩萨一些敬意,不能由你代付的。”

我也就不勉强。走进庙里,她恭恭敬敬地插上了香,然后端跪在蒲团上足足有一刻钟之久,口中喃喃祈祷着,不知道在说些什么。我猜想她一定不知道上面坐着的是什么神,她只参拜她自己心中的神。综合她的一生行为是善良的、慈爱的、舍己利他的,我觉得她本身就是一个神,假使她能把爱家庭儿女的心推爱到全世界人类的话。

天空呈鱼白色了,是曙光的吐露,予万幸人类以无限安慰。我不禁在她的身后默默也跪了下去。

什么地方是我的归宿?——湖汇山只是埋葬我的躯壳所在,而我真正的灵魂将永远依傍着善良与爱。

(原载1947年5月《大家》第1卷2期)

生男与育女

古国古礼，无子为七出之一，为人妻者，无论你的德容言工好到怎样程度，可是若生不出儿子的话，按法据理，就得被丈夫逐出去；即使"夫恩浩荡"，不忍逼令大归，你就得赶快识趣，劝夫纳妾图后，自己却躲在"不妒"的美名下噙着眼泪看丈夫与别个女人睡觉。反之，情形就不同了：母以子贵，儿子若做了皇帝，你就是圣母太后，说得小一些吧，就是儿子是白痴，只要他知道性交，你的丈夫的祖先总可不做若敖氏之鬼，你也不失为×门中的一位功臣。

但是，生女儿可就不同了：一女二女尚可勉强，三女四女就够惹厌，到其数量更在"四"以上，则为母者苦矣！有嘲生女诗云："去岁相招云弄瓦，今年弄瓦又相招；弄来弄去都是瓦，令正原来是瓦窑。"故女人能多弄几个璋固佳；若成瓦窑，不如不弄矣！

不信请到"社会大舞台"上去观察一下：若有两个妯娌，一有四子而另一生四女,其公婆之待遇如何?丈夫的心情如何?亲友之态度又是如何?若同为一新寡的孀妇,有子者与无子者所受区别如何?……

社会估定了女子的价值:“赔钱货!”

身为赔钱货而居然又产小赔钱货,其罪在不赦也明矣!阵痛,腹压,九死一生,产时痛苦不能稍减,而当场开彩,一个哑爆竹!天乎?命乎?又怨谁?目光迟钝地凝视着众人的脸,一个勉强的笑容掩不住失望的神情。

“好吧,先开花,后结子!”

“明年定生小弟弟!”

“先产姑娘倒可安心养大,女的总贱一些。”

“好清秀的娃娃,大来抱弟弟。”

“大小平安。我们明年待你生儿子时再来吃你的红蛋。哈,哈,哈……”邻居张四嫂,汪大婶子等挤挤眼一窝蜂去了。室中只余下产妇的惨笑面容,婆婆的铁青脸色,仆妇的无聊神情,及婴儿的呱呱哭声。

生产的是女人,被生的是女人,轻视产女的也是女人。生产的女人感到悲哀,被生的女人觉得不舒适,轻视产女的女人困在失望的痛苦中。生产的女人恨轻视产女的女人予以难堪而迁怒于被生的女婴,轻视产女的女人因怪生产的女人的肚子不争气而迁怒于被生的女婴,于是众怒之的——女婴——虽有“千金”、“掌珠”之名而不能有“千金”、“掌珠”之实矣!“精”之过乎?“卵”之过乎?女婴有知,曷责诸达尔文?

在被失望、讨厌的状态中生长着的女孩,自有她的特征,表现这个特征的工具,即此女孩之“芳名”:正面意义,名为“招弟”者有,“领弟”者有,“来弟”者有,唯“有弟”更爽快。反面意义,有连生四女皆以“春”为排行,至第五女乃名“春回”,请继续前来投胎之女鬼速返香辇也。又有生女取名拟用“芬”字者,后中摒弃他择,盖恐“芳”将继“芬”而至也!

世有连产四女欲求一子而纳妾者,未闻室有四子欲得一雌而纳妾者;男子欲绵延血脉而望得子,女子欲取悦男子而望得子。今男女平等,虽法有明文,而某要人无子而不纳妾,人皆美之,以其“与众不同”也;欲在“习惯法”中除去“产女罪”,其待明皇复生乎?

男人要老婆,而不要自己老婆替人塑老婆;苟将来科学的力量能使精卵会合时必男不女,则来日之“老婆”将供不应求矣。还是请上帝开个瓦窑,则既可预防公妻主义,且亦替女人受过,功德无量!

(原载1935年6月16日《论语》第67期)

科学育儿经验谈

当妊娠现象在我的身上发生时,我就下了一个决心,要用科学的方法来抚育这个未来的婴儿。到了有一天早晨5时半光景,我的女儿诞生了,喜悦与好奇之心,使我急欲一试所谓"母性的高尚的责任",我觉得"个人牺牲"的时机到了,于是不顾产后困倦,勉强地提高了喉咙叫仆妇把此初生儿安放到早日预备好的小床上去,使之安睡。遵照《育儿常识》规定,拟于12小时后行第一次哺乳。自己也预备好好地睡他一下,以图恢复精神。不料那婴孩偏不谅人苦心,只哇哇地哭个不了。恼得我心火直冒,只得三番四次地捺定了性子,自己慰解道:"婴儿的啼哭能扩大肺活量,由他去罢。——我自己更得在这母亲的头衔下牺牲一些,总不成还去问她一个'妨害睡眠罪'?"这样的一次啼了又一次,我只合着眼捺定性子不理,直至下午2时许,憋得我心烦意乱,疲困欲死,看看牺牲到了极限,料她肺活量也扩大得很有可观,忍不住睁开眼向仆妇问计。结果,只得把《育儿常识》

的规定时间打了个七折，提早叫人到邻妇处去挤些奶来给她止哭。

过了两昼夜，乳汁开始分泌，按照预拟哺乳时间，在初生14日中，每隔三小时授乳一次，夜间与日中同。于是当时钟敲过第六下时，我便唤："王妈，把宝宝抱过来喂奶。"

王妈忙跑到小床旁看了看，回答我道："娃娃正睡着呢。"

"把她弄醒了抱过来！"一面说，一面把自己的被揭开，准备让婴儿卧在外边。耳听得王妈推着轻唤，只不见抱过来。

"怎么?"我不耐烦地问。

"她不肯醒哩。"

"抱过来让我自己唤。"

"睡着抱过来不会受寒吧?"王妈嗫嚅地问。

"受寒也不关你事！"我显然有些动怒了。

婴儿放到我身旁时微微动了几动后，又昏昏睡去，我轻轻摇动她的左臂，只不肯醒，我不禁发起脾气来，把上侧的手捏住她的鼻孔，这次她可醒了，只是哭个不停，我想起哭时不能哺乳的话，只得静待她停止后再说，看看已是6时半了，哭声始渐渐低下去，可是却又睡着了。我无奈只得自己慰解："算了吧，就算7时起亦无不可。"听着她低微的呼吸声，自己也蒙眬思睡。正待入梦时，忽又被啼声惊醒，这下子她可真醒了，我想哺乳机会已到，但不知7时可到了没有，看了看手表，还只6点3刻，遂假寐以待，哭声愈来愈高，料得这"时"是"按"不成了，王妈也凑趣劝驾，"给她吃了罢，娃娃饿了。”于是替她漱了口,直吸到7时1刻,方将乳头吐出,我忙喊王妈再拿硼酸水来试一遍口,不料可又把她惊醒,啼个不了,只得重复喂乳,到了7时半始又睡熟,这次吓得我从此不敢再劳硼酸的驾了。这样或早或迟的直挨到夜间,可更为难,不是时刻到了而婴儿或自己未醒,就是婴儿把自己吵醒而时刻未到,或是唤王妈取硼酸水不应,待自己起来拿罢,子宫移了位可不是玩的;即大声怒喊亦自不可,产妇的精神安静岂容忽视?如此过了几天,弄得儿啼、母疲、仆怨,邻居被扰不堪,为息事宁人起见,只得接受了三婆婆的劝告:“书本里红毛人讲的话哪里好听?俗语说的,初生娃娃吃的是‘折花奶’,意思说隔了折一朵花的时间又要吃了,哪里能够饿上两个钟头?三婆婆是不识字的,从不知什么书里的话,年轻时养了四男六女,照着土法儿,却也个个长得又白又胖,比你的这个娃娃胖得多呢!——就是拿那个硼什么药擦嘴也可不必,吃奶的孩子嘴里有什么脏?”

过了一星期左右,那婴儿的眼睑忽红肿起来,流出多量黏液,急得我连产妇应至少平卧10日的话也忘了,一骨碌翻身起来找书,好容易在《妊娠与娩产》上找到了这种所谓“漏脓眼”也者,症状与之相同。据云“应速医治”,不然便有“失明”之患。于是忙命王妈传言请大夫,却又被三婆婆阻住:“什么‘楼脓眼’不楼脓眼!住在楼上的孩子眼睛便会生脓吗?这是生来胎火大,只要吃些川连便好了。”当时给她吃了三次,第二天果然立见功效。

眼病愈后，脐带也断落，这可该沐浴了，于是叫王妈舀水来，虽经他们力阻无效。洗毕，给她全身扑上了滑石粉，除去缚臂带及襁褓，穿上宽大衣服，安放在小床上。不料次日忽然伤风了，发热、打喷嚏，授乳时鼻塞不能畅吸，终日吵闹，三婆婆说是不该给她洗浴，而王妈却坚持婴儿应与母亲同睡，不可让她独睡在小床上，夜间授乳时从热被窝中抱出来，当然要伤风；而且顺便说起，她自己也因半夜三更起来抱小儿而咳嗽加剧了。我虽明知这个“顺便”说起却是她发言动机，然而一时也没话可驳她回，而且三婆婆早在一迭声地附议了。于是我第三次违反科学育儿法。

（原载 1935 年 9 月 16 日《宇宙风》第 1 期）

[附录]

关于《科学育儿经验谈》

深山独卧，于风影风声中读《宇宙风》，自觉神怡性适，有如中郎所谓“不忍极言其乐”者，然亦不能无憾。我颇惴惴于《科学育儿经验谈》之被用为挡箭牌为焦易堂或“三婆婆”诸“国医救国”者流做护符，因而误却多少小国民的生命，则太失“风人”之旨矣。

我颇以为冯和仪“夫人”看“各种小说杂志”的时间太多，对于“科学育儿法”的“研究”太少；我又以为她太“现代母性”化，“奶妈”、“干妈”之流的人太多，对于“科学育儿”的“经验”不够。率尔而谈，所谈未免有点语病，其实她要只说“我的所谓‘科学育儿’的失败故事”就切合她那篇文章多多矣。

我为男士，且无妻无子，对于育儿，自无丰富经验；又非医科学生，亦无高深研究。唯我常读卫生常识一流之书，又常得产科及护士“专家”的教导，更由着侄辈的吃奶而得点实证，由我之常识说：冯夫人所用的方法，只“科学”了一点皮毛，距真科学尚远。其实此亦中国人之通病，皮毛地维新了几十年未成功，就自以为“维新”无用，而去维旧了。

何所谓而云然?

育儿常识说于婴儿出生后12小时后行第一次哺乳。然而,在此12小时内,可以温水饮之。延期哺乳是怕其不消化。给点水喝喝是给胃里一点东西。成人且不能于12小时内滴水不进,况婴儿乎?——此可讨论者一。

每隔三小时授乳一次为原则。但是,于婴儿熟睡时则可按当时情况办理,非死板板地必打醒来授一次乳也。此可讨论者二。

硼酸水拭口后的哭,可以有两种原因:一是"惊醒"而哭;一是硼酸水过浓或过多,触及口腔而致。率然而说"不敢再劳硼酸的驾",似有讨论之余地。且婴儿啼哭时以喂乳做免战牌,实在不合"育儿常识规定"。——此其三。

发生眼炎之原因极多,不必为"漏脓眼",亦不必不为"漏脓眼"。吃川连只是"瞎猫碰死老鼠"的勾当。沐浴后的伤风是不是室内温度不够高?或是浴后没有擦干穿好?仔细一想,即可知道。(其实伤风是传染病,受寒只是诱发之而已。)苟因此而不沐浴,说不该沐浴,则未免那个矣。至于"自己不小心",而反代婴儿使上缚臂带,则颇有"下诏罪人"之嫌。——此其四五。

其实中国式的育儿法,也能把孩子带大;科学育出来的小孩,也有夭折。不过,中国夭折短命的小孩却多,每年生下不久就死的数字,充分表明"非科学育儿"之伤民耗财。明白人绝不能因为"姑姥姥"养了八子七女,就说她的方法对。种田的女人,在“地里”一阵肚子痛,养个孩子,一顺手用锄头把脐带斫断。她的孩子活了,我们亦必用锄头砍脐带乎?饭店的厨子把菜里的苍蝇吞下肚,没有死,我们可以不灭蝇以防霍乱乎?

生理学作八股者之不近人情,盖由于其读书未通,食而不化,每以辞害义。但是,事实尚未弄清,即行反对或讥笑,不亦大类自己未读庐拿卡斯基而反对或讥笑庐拿卡斯基乎?抑或思想浅薄,信口开河为“中国文化本位之一,可以夸示于世界欤”?

我为此书,大有方巾气。然而我以为有毒之菌只该生存在无人无兽到之山崖上,不该生在闹市被孩子拿去吃也。不知大师少师以为何如?其将诱我以冷猪肉,而后痛打乎?若然,则非“一张一弛”之道矣。

赵敏求 9月26日

科学育儿经验谈之性质与命题

顷读赵敏求先生致本刊编辑函，认为鄙人“率尔而作”之《科学育儿经验谈》一文，有“被用为挡箭牌，为焦易堂或三婆婆诸国医救国者流做护符”之嫌疑，因此引起这位男士的惴惴，根据平日读卫生常识之心得，为“多少将被误却之小国民生命”而仗义执言，慈悲为怀，善哉！善哉！

虽然，鄙意尚有不敢苟同者，谨为解释如左：

（一）《科学育儿经验谈》之性质，与《现代母性》相同，原在攻击这批仅知“皮毛”的现代母性型女子，而赵先生竟认为在提倡国医救国论，也未免把这件“事实弄得太清”，而反对讥笑得太有理了。而且，何以见得三婆婆之育儿法与国医的相同？岂《内难本草》中亦有“小儿受惊时应速令其撒一泡尿”之治法耶？

（二）赵先生以为那篇东西要是更名为“我的所谓科学育儿的失败故事”，换汤不换药，就可把“为焦易堂……做护符”、“误却多少小国民的生命”等罪名消去,正名字之法力大矣哉！虽然,“经验”二字,原不专门用于“成功”方面,即做了失败亦得称为经验也。若果如赵先生言,则总理遗嘱中“积40年之经验”及谚语“不经一事,不长一智”等等所用“经验”二字,岂必尽含有“成功”之意耶？至于“科学育儿……”之上,必须冠以“我的”,是赵先生细心过人处,吾则以为此经验并不怎样光荣伟大,故不必怕人来冒认也。

其实,我为此文时,不过据实记载,既无为国医救国者流做护符之心,亦未自以此次“育儿经验”为“真正科学方法”及试行已经“成功”之意,更没有希望人家来效法;名之为“科学”者,颇思有以讽之也。料不到赵先生在研究卫生常识之暇,竟会浏览到这类文章,不然的话,我必正襟危坐,东抄西袭地写他一篇“科学育儿法刍议”,首叙三婆婆型者之采用旧法及现代母性型者之采用皮毛科学法之误,次叙真正科学育儿法之要点,末了就以“赵先生之侄辈吃奶情形”为实证;则不但可免思想浅薄,信口开河之讥,且有冒充产科及护士专家的希望,何乐而不为？

解释就此终结。至于赵先生所提出之五大理由,因我此文之性质与“科学育儿法刍议”不同,故无详论之必要。赵先生卫生常识虽丰富,奈卖弄不得其所,恕不奉陪。不过,吾亦恐赵先生周围之产科及护士专家太多,至离“事实”愈远也。“沐浴后的伤风是不是室内温度不够高”问题,因普通人家装不起水汀电炉,而炭盆又不合卫生,除了因此不沐浴外尚有何办法？“那个”也只得“那个”一些了。又如以硼酸水拭口而不可惊醒婴儿，硼酸浓度又须配合适当，则王妈必将辞职矣，赵先生将何以教我，以喂乳做免战牌亦自知不合，然婴儿半夜三更吵醒人家，又将何法以治之？亟去贴一张“天王王，地王王……”乎——此等情况，吾言之在“无妻无子”之赵先生必不能骤信也，待将来赵太太养了公子，便知分晓。至于姑姥姥养八子七女绝不能证明“旧”法对，而赵先生看侄辈吃奶却可证实“新”法好，则固非思想浅薄者所能领悟者矣，不说也罢。

语堂批案：你们俩一男一女，妄事生非，且语多牵涉，累及本“堂”池鱼遭殃。本堂与原案无涉，不必搅在里头。且赵生牡鸡司卵，未免多嘴，冯氏逢场作戏，不必深责。是奶是水，全是捕风捉影，非奸非杀，何故击鼓喊冤？以喂乳做免战牌。冯氏既自知不合，倘王妈呈辞职书，赵生岂甘为荐头店耶？冯氏发回养儿，赵生务须安分；此后若闻人作天癸高论，仰即免开尊口。

（原载1935年12月1日《宇宙风》第6期）

现 代 母 性

一　自初妊至分娩

一出摩登结婚的喜剧演完后,妊娠现象便在主妇的身上发生。于是,《生育常识》、《育儿谈》、《母性的爱》等书,便是学术研究的中心:什么每日应食水果蔬菜若干哩,运动散步时间应占整天光阴几分之几哩,听优美音乐哩,看优雅图书哩,产期预测哩,产前诊察哩……足足得忙上九月有余。

在此二百几十天中,做丈夫的为顾全妊妇精神卫生起见,自当加倍温柔体贴。什么"亲爱的,累你独自受苦,我真对不起你"、"我们的爱情有了结晶了,从此我当多积蓄些钱为儿女前途打算"……这类话更要不惮烦、不厌倦地天天背上儿遍,而且愈多愈妙。

幸而,诊察的结果骨盆没有太窄,胎儿位置也正常,到了某期,阵痛开始了,那产妇就得蹙着额频问医师:"子宫口扩大到怎样程度了?""哟,怎么这么痛?是不是阵痛过强?"……不如此问,怎能显出你是个受过教育的女界先进?

“哇”的一声,胎儿产出。于是,“现代母亲”的头衔便取“皇后”、“小姐”、“校花”等而代之。

二 鞠育

既然母亲之上还冠有“现代”二字,则奶妈之雇有,自不成问题。这个,并不是读《育儿法》时漏去了“母乳营养”一章,事实展开在眼前:四五年前的粉红小马甲早已影响到奶汁分泌。就是幸而还有,你的丈夫也一定借口“不愿使你过劳”,以避免婴儿夜间吵闹,致阻碍夫妇间热情的拥抱。为求有后而结婚的观念,只能到40岁以上的男子的队伍里去找,年轻的丈夫绝不会想到妻子双乳的功用,除了被自己抚摸外尚有被孩子吮吸的一途。

有了奶妈后,孩子便觉可爱了。小圆脸上给贴剪刀的是你,提了沾着屎的双脚给换尿布的却是奶妈;在嬉笑作态的时候,你可以把他搂在怀中喊心肝,不幸“哇”的一声哭了出来,你就可喊一声“阿奶,给宝贝吃奶!”一双手又闲了下来。

出了大门,你一样地可以自由活动,一样地可以娱乐。谁说育儿有碍于女子职业?除非她的职业是编草帽织袜子的贱营生,而她的丈夫是穷光蛋！吃“文饭”的摩登太太谁看得出她与密斯[①]有甚异点！她时常可以听到男友们这样的恭维:“啊,你的宝贝真美丽！活像你！”

奶妈去后便雇保姆,或者,把孩子寄养在外祖母家去。雇奶妈、保姆的钱少不得由父亲承担,孩子长大了,总该说一声:“母兮鞠我。”

三 教育

能在“现代母性”子宫内住上九月余的孩子,长大起来总得有享受镀金教育的福分。于是,为娘的最大任务,便是别出心裁地为之制小洋服、买花皮鞋……以便与同学们争艳斗妍。“宝贝,今天学校中还有比你更漂亮的没有?”“妈,童哥儿的绸结才好玩哩！我要！”“明天妈也替你安上一个蝴蝶结儿。”……这是她母女俩在上学第一天晚上的问答。

渐渐地孩子程度高了,妈妈便拿出新旧作品同她讨论讲解;《孝经》须详阅,《诗经·蓼莪》亦宜熟读,还有近代《寄小读者》、《棘心》等等也是最伟大而值得阅读的作品。

母亲的爱是宇宙间最伟大的东西,这虽人人能领会,但要具体表达自己领会的程度的话,却非让现代母性的儿子不可。他们的桌上放着一个个烫发画眉的母亲慈容,枕套上绣着“慈母手中线,游子身上衣……”等诗句,若寄宿在外的话,每隔若干日总可接到一封充满母爱的家书,这样的

---

① 英文 miss 的音译,即“姑娘、少女、小姐”。

一天天把印象加浓起来，欲待不孝，其可得乎？

课余之暇，再学唱几首《胆小的兔子》、《小小日本》等歌曲，或随妈妈上电影院看《小娃娃》、《母性之光》等片子，这算作补充教育。

四　现代母性的完成

孩子的衣衫从两尺到四尺，母亲的面容也自白腻而苍老；男朋友之追求既绝，“×老太婆”的徽号也欲辞不得，于是母亲乃不得不为子女而牺牲事业，“三K运动”的喊声代替了“女子解放”。看电影之雅兴减，而打麻将之热忱生，母亲乃长住家庭中。

那时，母瘦雏肥，正反哺之时；颂扬懿德之寿屏既必不可省，妈妈爱我等诗文也多多益善，这样一来，若文稿无处卖时固可向妈妈多讨些私蓄，倘“新孝经”式文艺居然出版，则妈妈之为“名媛”、“贤妻”、“良母”……也，天下皆闻，你自己也名利兼收。

儿女们摩登青年之完成，也就是妈妈现代母性之完成。

（原载1935年10月1日《宇宙风》第2期）

论女子交友

一个女子不难得到半打爱人,却难交上一个朋友。你不要以为某先生口口声声赞美某小姐的学问,谦卑地要求她答应做个朋友,便是他俩真正友谊的开始。天下没有这样傻的男人,真想从女子身上去找求友情;更没有这样傻的女子,真相信男人会向她要求友谊。他们在打哑谜,谁都以为对方给自己瞒过了,实际上谁都料得透谁的心思。

不要说女子对男子没有什么友谊可言,就是女子与女子间也很难找到真正的友情。自古以来多的是才媛贤媛烈女孝女等等为翁姑父母夫婿儿女牺牲的人,却找不出女中管鲍、巾帼刘关张之类。一个姑娘可以为头发烫坏了哭着叫女友在结婚那天自己另找傧相,少奶奶们为了张罗丈夫或孩子,叫朋友们白等上两三个钟头,更算不得什么一回事。因为大多数女子对于交友根本只视为一种消遣,有空便大家聚在一起谈谈东家长西家短的,要是今天自己家中有些小事,什么手帕交、金兰交都得撇诸脑后。这样说来,你若想在女人身上找到仗义疏财、舍身救友等等奇迹,岂不是起码还得等上半个世纪吗?

记得十年前我在某女中读书的时候,同班生都是十五六岁的小姑娘,她们在平时捉对儿你穿我的衫,我用你的裙,整天到晚哝哝唧唧地无所不谈,可是一到考试时情形便不同了,大家坐在一起背对背的,仿佛世仇般不愿见面,同时还拿左手遮住自己的试卷,生怕一不慎给对方偷看了去,可谓极尽我虞尔诈、尔虞我诈之能事。更不幸某先生在两张差不多的卷子上给谁多打了几分,这回两人准得闹翻,一个说她马屁拍来的分数不希奇,一个讲她自己拍不上瞎冤人,于是大家撕考卷、摔书本地噘着嘴巴生气,或请个病假躺在床上哭、哭、哭得饭也不肯吃。因此女中饭司务最爱打听发考卷的日期,那天饭菜尽可少备些,总有一大批人不肯上膳堂,有的是因为自己不及格,有的是虽及格而嫌分数太少,有的是虽不太少而气人家得的更多。

等到这批小姑娘都出了阁,交友可更难哩！闺房之乐甚于画眉时,朋友固然是多余不必说了,就是丈夫爱瞎跑,女友给招来解闷时也要当心说话犯忌。女人们最爱当着朋友讲丈夫坏话,但丈夫真正的坏处却讳莫如深,生怕给人家知道了有伤自己体面。譬如张太太告诉你:“我家先生多顽固哪,人家袖子短了也有得说的,我偏不听他。”这几句话与其说是怨恨不如说是夸耀,她在得意自己有个不爱摩登的好丈夫。那时你便得替张先生辩护而反对她的怨恨没理由,越反对得厉害越能使她高兴。虽然事实上也许你早已明白了张先生爱时髦的个性,他是只会嫌太太欠肉感而绝不会责她袖子太短了有伤风化的,但面子上却万万不能露出来。一个女子恨男人放荡的心只有五分，但恨人家知道她丈夫放荡的事的心却有十分。要是人家不知道，她绝不会把自己丈夫爱吃年轻娘姨豆腐的事说出来的。相反地，她也许会神经过敏地故意在女友跟前歪曲事实："你瞧，他这个人多没慈心哪，我说徐妈年纪轻轻没丈夫怪可怜的，他却说她又笨又脏多讨厌。一副寡妇相的……"你听了这话得相信她，但也千万别太相信了，明天在张先生跟前责难他徐妈有什么难看，男人多是直心的，他不知道体谅太太替他假装规矩的苦心，却衷心赞美徐妈起来，事情便糟了。要和一个已婚的女人来往最好拣她丈夫不在的时候，否则一不小心把她美丽的谎话戳破了，她也会立刻老羞成怒而与你断绝的。

所以，我相信世界上最孤独的人，便是结了婚的女人。她们放弃事业，放弃娱乐，放弃友谊，什么都自动放弃了，只为要达到一个目的，便是管束丈夫。我说"管束"，完全与"爱"不同，1000个女人中难得有一个肯爱丈夫，但却有999个要管束丈夫。所异者，无非是这些男人中哪几个肯受管束，哪几个管束不住而已。我近来常有这种感觉，便是与这批做了太太的朋友们正谈得高兴时，她们忽然想起要回家了，任你怎样苦留也留不住，实在令人扫兴。据她们自己所说回去的理由是宝宝要喂奶粉，或裁缝要来量尺寸，可是我知道那准是为了她丈夫也许回来吃中饭。她想他要是一进门看见太太不在家，王妈放碗筷又有些慌手慌脚地，一不快意便径自跑出赶午餐舞去了，那还了得吗？想到这里便五内如焚，所以那时你最好不必留她，就留住了也兴致索然，没有什么说的。但要是那天她丈夫刚巧卧病在家,那倒反而可留,她也许回头一想病人胃口总要差些,就让自己外面吃了饭迟些回去也自不妨,况且王妈总也算个人儿,端碗把饭菜也会不胜任吗?

许多人都奇怪怎么一个爱热闹的女人,结了婚便什么娱乐也不感兴趣,宁愿独个子躲在家里等丈夫了。是的,她们在"等",等他回来了才放下心——只求放心而已,快乐与否在所不问。她们不愿丈夫出去跳舞看戏,因此宁可连自己也关在家中,整年不上舞场戏院。但我相信她们如果有一天能够把丈夫锁在房中,而将钥匙带在自己身上时,便什么娱乐也会感到兴味了。

这种心理,给予男人的影响也很大。许多男人结婚后因受太太的限制,不但对异性避嫌唯恐不及,就是同年轻的男性伙伴们来往时,也仿佛是一件犯禁的事。因为太太们相信为非作歹的开端都由于朋友们勾引,年轻的小伙子都爱品头评足,有引坏丈夫的可能,因此若有西装笔挺、头发光亮的朋友过从较密时,太太定会设法中伤的。女人们最多疑心,谁和丈夫亲密了,就疑心他会有损于自己,定要设法把他们离间开来,就是对于丈夫的父母兄弟姊妹亲戚等等,也几乎不能例外。因此常有许多豪迈的男人在婚后渐渐都变了样子,他们起初也许并不以为然,但为讨太太欢喜,或避免无谓噜苏起见,不得不对亲戚朋友们疏远一些,但久而久之,也就习惯成自然,变成一个 Family Man[①] 了。那时,男女双方虽然谁也不见得会感到同谁在一起真有什么快乐,但是女的为了求自己安心,男的为了避免麻烦起见,大家不得不天天搅在一起管管油盐酱醋,把声色犬马等嗜好都藏在心里,朋友们来访时也无非请坐喝茶,不敢太殷勤了使太太生气,人家见他这样,自然多来没味,除非有什么请托或商量之类,否则也就各自在家打瞌盹了。

多么寂寞的人生呀!

于是,后来男人们忍不住了,推说有什么事务上必要,自寻声色犬马之乐去,女人们在剔寒灯、骂薄幸郎之余,只得把趣味托在孩子身上,在孩子身上消耗了全部精力。母爱诚然伟大,但一半也是因为女子的世界太狭窄了,只有自己孩子才不是妒忌对象,因此大半生光阴就非用来爱孩子不可。我相信要是一个男人肯天天陪着太太上馆子,看电影,或干些别的玩意儿,那时女人定会嫌憎孩子累赘,母爱起码得打个七折。

照上面所说,结了婚的女人为了要管束丈夫,不惜与朋友隔绝,与社会隔绝,弄到后来要是丈夫给管服了呢,他就也得跟着她与一切隔绝,大家来个家庭至上;要是管不服溜了呢,她就只好淌眼抹泪地从事伟大母爱了。那么,照这样看来,未结婚或死了丈夫的女人总该喜欢朋友了,事实上也并不如此。十个女人十个妒,没丈夫的妒人家有丈夫,丑陋的妒人家

① 英文:家庭男子。

美丽,笨拙的妒人家聪明,贫穷的妒人家富有,年老的人妒人家年青,弄得后来你多生一根睫毛也要妒,她多挂一只香袋也要妒,妒来妒去,唯恐人家脸上不长个疤,头上不脱根发,不遭丈夫打骂,不受儿媳厌恶,己所不欲,辄望于人,试问这样一来,还到哪里去找朋友呢?

在目前大家都讲团结一致的时候,我恐怕女人们永不会团结,除非天下男人都死光了,或其余女人都死光,只剩下一个去加入男人的集团。要挽救此颓势,只有从今日起赶紧提倡"不妒运动",那时女子们唯恐人家比自己更不妒:天天想法子抢在前面出风头去,同时对稍后的人时加揭发。有丈夫的拼命把丈夫往外推,没丈夫生怕让人家成了名,死不肯接受人家推出来的丈夫。于是揖让谦和,到处是朋友,岂不懿欤盛哉!

(原载 1940 年 9 月 1 日《宇宙风·乙刊》第 28 期)

[附录]

读了《论女子交友》后

读了冯和仪先生《论女子交友》一文,我发生不少感想:冯先生的文章无疑的是好的;尤其是在文章的活泼性上更见成功;可是这样的文章如给一般视个人家庭高于一切的女人看看,原无不可,如对准中国的妇女大众,且未免不妥,原因是冯先生忘了世上除这些只知有己,不知别人的太太小姐们以外,还有广大的妇女群,因此,不免说了许多武断的,过火的,笼统的话。

例如,冯先生说:

"女子对男子没有什么友谊可言,就是女子与女子间也很难找到真正的友情。"

其实,友爱是不论性别的,它发乎内心的需要。从古至今,不仅女子对女子有真正的友情,即女子对男子也有真正的友情,因此,"仗义疏财"、"舍身救友"的人,在男子有,在女子也未尝没有?在古代有,在现代也未尝没有;尤其在"现在"。所以冯先生说:"起码还得等上半个世纪",那未免是过虑。

至于说“大多数女子对交友根本只视为一种消遣”，这也许是一般闲得没事可做的女人才如此，一般职业妇女，不仅没有时间可找朋友消遣，即是“找”也为了在患难中给一点帮助，在失败中给一点勇气。别人我不知道，在我，是始终认为：人生除事业之外，唯有友情最可珍贵。借着友情，我才能活到现在。

“闺房之乐，甚于画眉时。”因之不少女人为了家庭而弃绝朋友，这倒是事实；但得申明：这不是全部分，而是一部分。至于说“女子们最爱当着朋友讲丈夫坏话，但丈夫真正的坏处却讳莫如深”那也未必。世上没有一个真爱丈夫的妻子是愿意在人前讲丈夫的坏话的，因为她可随时纠正她丈夫的过错，更无须在人前讳莫如深。

至于说“女人们最多疑心”、“十个女人十个妒”，这好像已成为女人的特征了；但也不一定是女人都如此，即男人也未必不是如此，所不同的是，女人一有这种特征便立刻作为人谈话的资料，指摘的目标罢了。其实，是既无实证也无统计，所以，与其说“女人们最多疑心”、“十个女人十个妒”，还不如说：女人们被人指为疑心最多，妒病最深的时候来得多为好；但是数目的统计和实证当然也没有。

奇怪的是冯先生说：

“我相信要是一个男人肯天天陪着太太上馆子，看电影或干些别的玩意儿，那时女人定会嫌憎孩子累赘，母爱起码打个七折。”

我至此才恍然如有所悟,原来女人之爱子女,多半是因男子没有伴她上馆子,看电影,或干些别的玩意之故;但世上有谁抹杀一颗母亲的心么?据我所知,虽然世上有不爱子女的母亲;但大多数的母亲却是竭尽心血,热望子女成长的。母爱毕竟伟大,这爱决不如作者所说“因女人们在剔寒灯、骂薄幸郎之余,只得把趣味托在孩子身上之故”。如说这是一半也因为女子的世界太狭窄了,只有自己孩子才不是妒忌的对象,因此大半的光阴就非用来爱孩子不可云云,这未免过分抹杀了母爱,甚至近乎诬蔑。

冯先生还担心:“在目前大家都讲团结一致的时候,恐怕女人们永不会团结。”这未免也是过虑。事实上,妇女大众早在救国第一的目标下团结起来了,也许因为冯先生不曾亲见事实,才有这种担心。其实,女子在团结这点上,是并不弱于男子的。过去五四及五卅运动上,女子确曾显出和男子同样的团结力;不过,一向来,女子常不自觉她们自己的力量罢了。

诸如此类的话,还有不少,如再抄录下去,未免浪费篇幅;但有一点是不能不说的,这也许是作者捧住了这样的题材,欣欣然自以为得计的地方。她说“1000个女人中难得有一个肯爱丈夫,但却有999个要管束丈夫”,于是一结了婚,便什么娱乐也不成兴趣,宁愿独个子躲在家里等丈夫了。原来,她否认了爱,也不承认所谓“管束”和“等待”,其实也就是爱的一种表示。她知道1000个女人中却有999个要管束丈夫,且不知道这是“为什么”?

其实,世上有着在事业上互相辅助的夫妇,不是谁管束谁,而是谁关切谁。有谁能说世上没有一个真爱丈夫的妻子么?

总之,这篇文章,如对准一般小资产阶级的女性,那是讲得所谓"入木三分"的;如读者的对象为整个妇女,那未免犯了笼统武断的毛病。我颇怀疑这是作者的"自画自赞"的经验谈,因此在否定一切之后,不免要大喊了:

——多么寂寞的人生呀!

临了,我得说,在女人们一身全是罪状的今日,我不想在此为女人辩护;但我且希望冯先生在相信自己的力量之余,也相信妇女大众的力量,不要把女人的弱点过分夸张,而是要来一个正确的估量。老实说:是人总有弱点,女人又何能例外?弱点固不宜掩饰,但也不该夸大,而是要加以纠正,不可再来展开。

我也希望冯先生到外面来看看许多被摧残的生命——作为奴隶的奴隶的女人;那就是说:希望冯先生看见森林中的每株树木,也看得见整个的森林;更希望我自己没有把冯先生的文章错读或误解,冯先生也不至认为我是恶意的辱骂。

豁谷

不算辩正

《宇宙风》编者转来谿谷先生大作一篇,系"不是恶意辱骂"拙作《论女子交友》的,嘱答复之。我本想不说也罢,继忖说亦无妨。

谿谷先生对数字看得如此认真,真是天生成的一副科学头脑。"十个女人十个妒","一千个女人中有九百九十九个要管束丈夫",我非统计系毕业,又没有拉千把妇女来在原文篇末签字证明所言属实,无怪谿谷先生要摇头叹息恐怕未必了。至于"母爱打个七折"是否折扣太大,"等上半个世纪"是否时期太长,谿谷先生尽可自行酌量加减之,初不必定要"捧住了这样题材,欣欣然自以为得计""展开"而加以"纠正"也。

现在且休题我的武断,先来看看谿谷先生的"文断"如何:

"其实"项下第一款,谿谷先生以为女子对男子是有真正友情的。关于这点可惜谿谷先生也没有举证,猜想起来祝英台对梁山伯的始终友谊大概即属此类了。

其次是女人们不一定善妒善疑，据豁谷先生高见。我由此推论，觉得“吃醋”的典故想系讹传，七出中该条亦属多事。

还有女子在团结这点上，据豁谷先生说，也是事实俱在的。恨我孤陋寡闻，不及早知大观园中的诸姑姊妹、小姐丫鬟，都能在作诗第一的目标下精诚团结也。

第四点豁谷先生认为不能不说的，便是“管束”和“等待”就是“爱”的表示，否则又“为什么”呢？在下斗胆，也想问句：狱卒之管束囚犯，其亦为了爱乎？

但更使豁谷先生奇怪的便是小子不怕天雷劈打，居然说“要是男人们肯陪太太吃吃逛逛，那时做母亲的定会嫌孩子累赘了”，这话近乎诬蔑，罪过罪过，亟合十念“南无妇女大众”三遍。

……

再下去，连豁谷先生也觉得诸如此类的话，一句句挑剔起来，未免浪费篇幅，于是反对笼统武断的豁谷先生就把它来个正确的估量：这是作者的自画自赞的经验谈。断语出自有科学头脑的豁谷先生之口，便是真理，“明证”、“统计”之类是用不着的。于是由其文而观其为人，作者之只知有己，不知他人，闲得没事可做，爱讲丈夫坏话，善疑善妒，不爱子女，没有看见妇女团结的事实，绝不知道管束即爱的道理也明矣，罪过固不必说，寂寞也是活该，而尤其可恨的还是爱以小人之心度君子之腹，女人女人说了一大堆，以为滔滔者天下皆是也，却不知凤凰之于飞禽，麒麟之于走兽，豁谷先生之于女人,原不可一律而论,她是借着友情,才能活到如今的。

假如你说“手有五指”,怎可不把隔壁瘌痢头阿三的有骈拇指的左手声明在外呢?难道也认为白马非马吗?来,让我来告诉你吧:写文章可没有这么容易,假如你要写“手有五指”,第一步先要做统计工作,统计出若干万万人的手果然都是五指后,就在大家一齐举手的时候叫王开照相馆去拍张照相(24寸该是不够大的),于是“明证”有了,一语一照地投到《宇宙风》去,叫编者千万不可惜钱,用全张道令纸精印出来,掌纹指纹都要印得清清楚楚,免遭物议,这样一来,武断笼统的弊病是没有了,即使过火也算值得。

只可惜中国人是向来缺乏科学头脑的,统计明证都马马虎虎。韩愈诗“夕贬潮阳路八千”句后既未附道路清丈单一纸,杜甫说“最苦妇人身,事人以颜色”时也未曾统计过有若干塌鼻头妇女,如谿谷先生之高高祖母般,拿“德”做幌子也可讨丈夫欢心骗饭吃也。不知谿谷先生也将捧住此事实辱骂韩杜而劝整个妇女或妇女大众勿读其诗乎?抑许其武断笼统过去而不来展开而纠正之乎?若宽于责彼而严于责我,是亦欺侮奴隶的奴隶的女人之明证也,我要“妒”矣!

这不算辩正。

(原载1940年10月16日《宇宙风·乙刊》第31期)

论夫妻吵架

近来常为朋友夫妻吵架,忙着做和事佬。照例先是女方气愤愤地跑来告诉,一面揩着眼泪:"你瞧,昨天早晨他又来同我吵嘴了,说是为什么没把袜跟上一个破洞补好。其实那洞子是极小极小,穿上皮鞋再也看不出什么的。我知道他实是为了清早给孩子吵醒欠睡的畅快,没好气才找我来寻事的。可是我不也一样的没睡得舒服吗?谁叫他每趟半夜三更才回来的呢?这种日子我再也过不下去,真的,"她擦干眼泪坚决地说,"还是大家离了婚好!"

我听了暂不置答,先抬眼向她全身打量一下:头发是否刚刚刷过油?脂粉浓淡是否恰好?手帕提箧之类是否依旧带得应有尽有?……假如这类答案都是正面的话,那我就有对付办法。对付一个正在十分气恨的人只能装出严肃态度,同情地静静倾听她的诉说,自己除时而微微点头以外最好始终默不作声,劝解的话也推情度理免开尊口。然而要对付这类只有七分气恼的人呢?就可用插科打诨的办法,指着她腕上的手表之类,絮絮盘问这个可是他新近送给她的生日礼物,走得快慢如何,哪国出品,长短针有没有互相轧住过,接着再讨论讨论女人手表的式样究竟是长方美观呢,还是圆形式椭圆式的时髦等等。她起初当然没心思答白,可是我既然问了这么一大串,总也不好意思不敷衍着回答一二。渐渐地她想起了这手表的惊人高价,脸上不期而然地露出得意颜色,问我可要照样买上一只。他有个表兄是钟表公司副手,叫他去买是断断不会吃亏的。这样从买表的事再讲到买表的人,把昨晨吵架的经过不免又复述一遍。不过这次却没有了那颤着的声音。眼睛虽有时仍旧擦擦,帕上也并无什么泪渍,只擦掉了一些胭脂。而刚才所说的他责她为什么不把袜子破洞补上这句话呢,就陆续加上不少句注解,大意是:虽然你自己不必动手做,也得关照陈妈一声,你是主妇,这个吩咐的责任总逃不脱的吧,这自然我明白她的身份,她可不是做补袜子这类贱役的人,她丈夫也绝不敢以此相诘责的。至于她丈夫又怎么可以屈就那双破袜子呢?虽说洞子极小极小。因此她的"注解二"就是:"你知道昨天早晨不是阴沉沉地像要落雨吗?他怕那双美国货麂皮鞋靠不住会漏水,所以忙着把薄羊毛袜脱下来换双纱袜子穿。但他的上好纱袜早经陈妈扎好放进大橱子里去了,这双有破洞的放在外面,是存心送给陈妈的女婿兄弟穿的……"她在后悔气头上告诉过我的种种了,我也赶紧拿别的话来岔了开去,大家胡乱谈上一阵。最后我问她:"那么昨天晚上他回来得早不早呢?"

这又提醒了她的记忆，原来还有一桩事情没告诉我，她当时吵了一场便抱着孩子到娘家去了，所以他以后怎样便不知道。在我提出这句问话以后，她的神情显然不安起来，她在担心自己跑出以后，他或者真会出去狂舞达旦呢。于是我就知道讨论具体办法的时机到了，先代他辩护解释一番，再说她几个小小不是，最后才表示自己的意见："就不怕他急坏，为了孩子，也得回家去哩。"那时她口中虽还勉强咕哝着，看神色似早已赞成我所说回去的原则了。只不过回去的方式怎样呢？总不成自己跑了出来，过一天又自己跑上门去。她显然有些烦恼。"我决定还是不回去了，"她重复地喃喃说着，"我决定还是不回去了。"

我知道这句话儿的后文，那该是："除非他亲自到母亲那里来陪我。"于是我担保他是十二万分愿意的。

这样，在她走后，我就打个电话去邀她男人。我没有告诉他为什么请他过来的原因，他也没有问我，大家肚里该是雪亮的。我开始计算时间，从打电话到他抵我家的时间距离上面，我可以测知他急于求和的心理。我告诉他刚才他的太太来过。他装出满不开心的样子。我问他这事待怎样解决，他说这根本无所谓解决不解决，她高兴来就来，不高兴来就拉倒，家庭原是毫无意义的东西。"况且当时我又不曾叫她走过，"他重复地说，"现在她要来就来，不来就拉倒，我是根本无所谓的。"

在这种场合之下，我知道一切已经水到渠成了，遂也不再讨论下去，大家谈些别的东西，约定本星期日到他家去找他。我没有告诉他为什么要找他的理由,他也没有问我,大家肚里仍旧雪亮的。到了约定那天,我邀集三五个友人同往,大家逼着他快去岳家恭迓太太,事情便完了。

不过,话得说回来,这完全的是我辈和事佬的责任,至于他俩是否就能和好如初,那却要看有无第三者再来阻碍而定了。夫妻争吵顶怕有个第三者夹在中间;不要说夹在中间,就站在面前也是使事态扩大的主要原因。许多夫妻吵架在上半场或许还是为所争事物的本身而闹,下半场却大抵都是因有第三人在场,大家为争回面子而不得不继续胡闹下去,希望抢此最后一句作为光荣胜利的标志。

从前我曾替表兄家荐去一个很勤敏的女佣,但不到两个月他们就把她辞歇出来了,表兄为了这事很觉抱歉,特地过来向我解释:"那女佣做事很合吾意,你表嫂也着实欢喜她。但却有一件事不好,就是自她来上工后,你表嫂生怕她会把我们偶尔吵嘴的情形出来告诉给你们大家听,因此每当我稍有指摘便大哭大闹,说是有意削她面子给娘姨外面笑话去了,非叫我当着娘姨的面给她讲好话不可。我实在受不了这种麻烦,她自己也觉得多花精神冤枉,因此我们决定辞歇了她,另到荐头店里喊去,这样你表嫂就偶尔让我一句,也不怕有人笑话到亲戚耳中去了。"我相信表兄说的是实话,一个妻子往往只肯在房间里悄悄给丈夫擦背,不肯在众人面前替暑天刚回家来,累得满头是汗的男人绞一把手巾。这是新式女子的面子观念,做丈夫的能体谅她,家中就得太平无事。而且进一步还可以利用她这种心理,在两口子私下争吵时以高声嚷起来人家都听见为要挟,那时你太太怕失面子，盛怒自会降作娇嗔的。女人们最爱在人前逞强，她可以为怕第三者听见而委屈忍耐，也可以因第三者在场而倔强到底。

至于男人方面呢？大抵总是火性一冒，程咬金三斧头厉害。只要太太们能够牢记“好汉勿吃眼前亏”这句老话，沉着应付，在开头时暂且虚身一闪，躲过了这风头，以后便可拿出你的杀手来了。而且照一般情形而论，来势愈猛的人挂免战牌也愈快，做太太的应该认清这点，面子全在后头，可用智取而不宜力敌。若一闻恶声便立刻怒形于色，抡起板斧不问青红皂白地杀回过去，那种黑旋风式的愚蠢战略，女将军们是要不得的。不过，要是她的藁砧真个腼腆若处子，一声狮吼便丧魂落魄呢，那就这样也无伤大雅。总之，夫妻之间若有东风压倒了西风，或者西风压倒了东风的现象的话，吵架这个阶段总是难以避免的。而吵架时期的孰胜孰败，却要看哪个更能“知己知彼”了。

还有一点谨请太太们注意：三十六着，走为下策，逃回娘家是万万使不得的！在如今盛行小家庭制度时代，恶婆婆与刁钻姑娘等压力是再不能加在新妇头上了，代之而起的却是岳母大人潜势袭击姑爷，虽说男人们肚量较大，有时候也会狺狺起来。尤其是岳母寡居而妻系独女，满月回门那番千怜万舍不得的样子，会使你看了怪不舒服。“儿呀，多嚼几口润润喉咙吧，那是你哥哥新近带来的上好四川银耳呀，吃了会滋阴的。你们两口子如今在外头只租一间楼面，统共雇了一个娘姨，煮饭烧水还忙不过来，哪有工夫替你料理些补品呢？你的身子又单薄——姑爷，你怎么也待着一动不动呀？大家多喝几口吧!”不管你心中暗骂:“老太婆既然舍不得女儿,干吗不一世藏在家里享福,嫁我这样穷光蛋做啥呀?”丈母娘只管唠叨下去:“她父亲在世的时候真一些风儿也舍不得她吹一下的呢。如今虽说福气上头欠缺一些,幸亏家里不愁吃着,我每年照样也将她喂得胖胖的。他哥嫂都万般看重她,在家里真是饭来开口,茶来伸手,什么都是现成,连欠一欠身子还怕她累了呢！如今自己在外面租房子,什么都得自己料理,虽说有个娘姨……”妻听了这些以后似乎益发娇惯起来了,索性嗔着银耳太甜不好吃,要吃一些盐的点心。她母亲偏着头想了半天,这样不好,那样又不好,看得你满心不耐烦只想走,而岳母大人又在留吃晚饭了。“我看你们新派人又没有什么别的规矩,公婆都是另外住的,谁人敢来说声闲话？儿呀,你们两口子吃过晚饭索性就在这里过夜吧,东厢房床铺刚收拾过……”那时任凭怎样好性儿,也忍不住赌起气来,沉着面孔对爱妻道:“既然岳母坚留,你就在这里多住几天吧,我明天要上写字间,晚上不能再耽搁了。”

“上写字间有什么打紧,明天一早我叫阿四拉你前去便是了。况且你们房间里又没装炉子,晚上回去也冷清清的……”她说这话虽也自以为满心出于关照,而你听起来仿佛句句都在嘲笑穷措大样子,于是你愤然站起来抓帽子了,妻又待嗔不嗔地阻她母亲:“妈,他要去就让他自去也罢,写字间写字间像煞有介事的。9点钟上写字间还得……哼!”假如你不忍逆拂爱妻之意,你得放下自己的帽子,默默地坐到原位上去,听她母女俩闲话家常，那些都是你所不懂的，也没有兴趣，可是只好忍受，忍受到夜深人静，呵欠连连始得被送进东厢房里睡去。不少个女婿都把岳母恨之入骨，假如做妻子的一吵架便跳上电车回娘家去了，男子们就会立刻想起岳母平日的教唆嫌疑，甚至疑心这次吵嘴也是她们母女俩预先定好的阴谋呢。

那时万一岳母大人仍不知就里，非但不能善避嫌疑，反而根据爱女一面之词，集合子侄辈大兴问罪之师起来，事情就闹僵了。须知一个男人要是一经岳家诘责便慑服了，这种阘茸之辈只太太独自也驭之有余，根本无须劳师动众。否则，稍知自尊的男人虽可屈膝于太太娇嗔之下，却万不能俯首帖耳于泰山泰水小舅子诸人之前。夫妻争吵若闹到这个地步，他们间内心裂痕是永远难以弥缝的了。

年轻的夫妻们，请不要看轻那一场小小的争吵吧，却不道星星之火，可以燎原呢！我每每奇怪为什么他们这些家庭龃龉，不先不后却发生在初冬之际，经数次实地考察结果，始恍然大悟其症结所在，在于太太专心打绒线衫。我知道除极少数以外，没有一个男人不喜欢回家以后，有个太太陪他坐坐谈谈。太太对他的一切应多多关切，至少在言态上，漠然的样子是要不得的。但是，十个女子九爱绒线，一天到晚四枚编针滴滴答答忙个不了，背心、衫子、手套、长袜，一件织好又一件，新的打好了旧的赶快拆掉重结，弄得家中书架上是绒线团，床毯上是绒线团，一眼望去到处都是滚来滚去的绒线团子，这个已经够使男人们看见心烦了，更何况太太的眼呀手呀统统都为绒线而忙：你对他讲汇票缩了，待理不理；告诉她新书出版了,她更加毫不在意地数她一针、二针、几十针、几百针。这样一来,做丈夫的便不想跑出去,也准得寻件事来大吵大闹一场了。

还有一点容易增加吵架危机的,便是男人们于当年择偶之际,往往喜欢拣个天真活泼的女子,而到了结婚之后,却又后悔天真无用,原来赤子之心,就是这样任性胡行,只知有己,不知为人的,尤其是值兹生活艰难之际,妻也天真,不谅人心,一个不解事不体贴的妻子给予丈夫精神上的苦痛,实是远在其他一切物质困苦之上呢。故君子尤贵乎慎始。

(原载1941年1月16日《宇宙风·乙刊》第37期)

道 德 论

——俗人哲学之一

道德是什么呢？据王弼注："道者，物之所由也，德者，物之所得也，由之乃得。"这个解释很明白透彻，值得吾人采用。不过据在下的意思，"物"字不妨直截了当地改作"人"字，得就是得利，得好处。人有利可得始去由之，没有好处又哪个高兴去由他妈的呢？只是人与人之间，处境各有不同，利益方面就难能一致；不唯不能一致，有时且发生冲突。你由了这个也许有利可得，我由了你所由的便没有什么好处，他由了我们所同由的甚至反要因此而吃亏了也，在这种场合之下，试问还哪里能够定得出一个大家都愿共同遵循的标准来呢？假如我们人类是平等的话，这个问题也就不成其为问题，因为利于你者在事实上也是有利于我，即使程度上稍有差别，犹如目前市尺之于足尺；但毕竟出入有限，无伤大雅；假如我们人类是自由的话，利于你者你去由之，利于我者我去由之，大家所由虽不相同，所得也不一致，但其同为"道德之士"则一，问题也就无形解决了。可惜我们这个现实世界却是既不平等又难自由的,于是强者便利用其优势来逼迫或诱骗大家一齐由我之得,弱者便被迫或被诱而真个齐去由起他人之得来,那便是以权力为基础的道德观念了。

权力的集中是人类智慧的失败,从此一个将军可以指挥百万士兵,一个皇帝可以统治亿兆臣民。我们用不着惊奇这将军或皇帝到底有着什么神咒魔术,拆穿西洋镜理由颇为简单,他们也无非是利用群众的盲从心理罢了。在傍晚的乡村道上,我们不是常看得见一个十二三岁的牧童驱使着大群牛羊,一个七八十岁的老妪驱使着大群鸡鸭这类事吗?牛羊鸡鸭都是不知思索,看见几只向前跑了,便会整群地跟着上去的,因此牧童辈赶起来毫不费力,既不必说出此去目的地何在,更不必解释去此目的地的理由为何。而在牛羊鸡鸭诸前进者的自身方面,也只要认得鞭子竹竿的指动方向够了,大家糊里糊涂地前进,前进就是,初不必定要想象此去的权利义务如何,有何光荣伟大使命,是否有关神圣的责任等等。这是禽兽的其愚不可及处,先贤孟子唯恐人之不如,切嘱牧民者也要采用此类办法,对付人民,即所谓"民可使由之,不可使知之"是也。但不幸人们毕竟还晓得利用脑子,求知之心甚切,久之连牧者也觉得不使知是不可能的了,乃将先贤的话稍为变通一些,改成"民可使知其然,不可使知其所以然"。然而求知这桩事情也与吸鸦片烟差不多情形,其瘾愈来愈大,知其然不足,后来且有立逼牧者非道出所以然不可之势。于是牧者也感到大众力量的可怕,不得不在群中拣出几个狡黠者来,许以若干好处,大家议定一篇洋洋万言的假理由书，公推声音洪亮者当众宣读。这样一来，有几个自以为听觉最聪的不待辞毕便拔脚前进了，整群的人也大都不甘落后。在进行曲唱得怪响的时候，若有谁敢稍停思索一下，大家便会对之讪笑攻击不已，务使人人皆来盲从自己之盲从才休。所以我说人类的盲从本领和牛羊鸡鸭比起来，其实也不过是五十步与百步之差，而强迫他人同来盲从的本领且大过之，所不同者无非是人类懂得替自己遮羞，在种种盲从行为上面都加以忠君、爱国、救世、利群等等道德的美名而已。

我们且别看轻这盲从行为，一切历史上的美谈都是它一手造成的呢！我们得相信那些最受人颂扬的所谓君子——理想中的道德之士——便是当时最勇于盲从的家伙。因为他们所由的都是他人之得，不曾享道德好处反吃了道德的亏，所以在他们做了牺牲以后，占过他们便宜的便赶紧把他们赞不绝口，还管他们想象出许多吃亏后的精神快乐来，意思当然在鼓励继起的人。比方说，君子固穷，然而穷却不能滥吧，则在一箪食一瓢饮也买不起的时候，嗟来之食又不肯吃，岂不是便该活活饿死了吗？至于“窃盗”两字，在君子脑中根本不许有个影儿，因此面团团的富翁见了他们饿死之后，便乐于舍施几具棺木，意在鼓励后起之秀，假如社会上个个穷人都肯如此，他们不是很可以少雇几个门警保镖了吗？道德的效用就等于米仓煤栈上的弹簧锁子，锁住了少数富人的财富，锁出了多数穷人的性命。这种道德的血腥气味很重，讲易而守不易，故有德之士都可被人引为美谈。

在这些吃人的道德也都算为美名以后,社会上一般有殉名癖者便纷纷讲起它守起它来,不唯守之,而且还守得有过之无不及。尾生等女朋友等不来,直到潮水冲上来时还不走避,据说那是守信;宋伯姬贵为国君夫人,宁愿葬身火窟,不愿给人家讲声失礼;这种种真是勇敢得太可惨了。还有忠君到“君要臣死,臣不死不忠”,孝亲孝到“父要子死,子不死不孝”地步,这忠孝的道德也就显得狰狞可怖。譬如像纣王般要看人心,比干立刻把它挖出来恭呈御览;献公发怒,申生便马上自缢而死,这不唯可惨且亦可叹的了。至于素来遭惯道德之殃的妇女们更不必说,她们都是从小到老讲“三从”讲坏了脑筋,男人说出来的话从来不敢稍存怀疑之心。比方说从一而终乃妇人大义,于是她们便觉得要是从了二个便真个天也不容的了,丈夫一死,生怕长此活下去保不住会有机会失节,赶紧自动或被动上吊投河了事。像关盼盼这么一个歌伎,独居燕子楼中也算够凄凉的了,而诗人白居易还以为不足,狠心地拿“一朝身死不相随”相责,于是关盼盼就在燕子楼上交出性命。这样一来,白诗人的教唆自杀总算成功,社会上的一般有德之士也使大家放心满意了,诸如此类的道德可真不在少数哪!

我是一个彻头彻尾的俗人,素不爱听深奥玄妙的理论,也没什么神圣高尚的感觉。我不知道尾生、伯姬的守信守礼,如此守法,守出性命时究竟有何精神快乐,也不知道比干、申生的尽忠尽孝,如此尽法,尽到临死时究竟有何心灵安慰,我只觉得讲道德、守道德,总也得弄出些于人有好处的效果来才是。——即使不能人人都有好处,也要使得大多数人能够得到相当好处。这样才能符合“道德”两字的本来意义,即使大家都能够“由之乃得”。

我相信人类也与其他动物一样,乃是有着求生避死,求乐避苦的天然欲望的。这正如功利派诸人所说,幸福乃吾人之唯一要求,而道德无非是致幸福的工具而已。假如此道德致得后反要使我们失去生命或幸福,则此道德必非真正道德,理合从速舍去为上。若有人发起劝德会,提倡不合用的道德,其罪过不在男盗女娼之下。

说到这里,也许有人要问:“道德应使人守了有好处,这是不错的了;但好处也有几等几样,在鱼与熊掌不能兼得的时候,应该选择哪个居首才合理呢?比方如比干、申生、伯姬、尾生之流,他们虽丧失生命,而获得忠孝信礼等千秋美名,不也可以说就是利吗?”

于是,何者为利何者不利,何者为真利何者为假利又要成为见仁见智之争了。我非立德委员,也非利害评定会主席,无须把道德与非道德作成文宪法逐条规定。但我认为这个原则该是千古不易的真理吧,那就是“最大之利,莫过于有利人类的生存;其次则为有利于人类的更好生存”。假如有人以死为利,则他所说的乃鬼的真理,非吾人所欲获得。但我们也可为利而死,假如此利不得则吾人将即不能继续生存的话。凡此类利益吾人绝不惜冒死以求,希望能够达到死里求生之目的。

假如这种种忠、孝、信、礼等行为,确实有利人类生存,则我们自当认为合理的道德,讲之守之唯恐不及。假如另有其他种种行为虽也戴着忠、孝、信、礼等美名,而实行起来反而有损大多数人的幸福甚至生命,则我们不能因贪图此种虚名而牺牲一己或他人的实益。我们所求的是道德之实,不是道德之名。而且,在我们发现其名不符实的时候,还要无情地撕下它所戴的道德面具。

世界上一切事物的是非、善恶、美丑,我们都要分别得清清楚楚,这是对于我们人类生存最有利益的基本工作,也是最最合理的道德义务。我们需要智慧;我相信将来世界上所有斗争都是智慧与愚顽之争,而不是英国人与德国人,或中国人与日本人之争。

还有一点想要说的,便是真正的道德一定出自各个人的内心要求,得之甚易,行之也不难。所惜者,世人往往自作聪明,不肯深思,听了几句不三不四理论便自居为某党某派,学了若干一知半解名词便自以为全才全能。所以我说唯愚顽才是道德的真正敌人。

人类是利己的,但利己不足为道德之累,一个真正知道利己的人往往也能兼利他人。爱迪生是利己的,他在火车上做卖报童子的时候,为了自己的兴趣偷偷地在车上布置个化学实验室,终于因磷片落地起火而挨了耳光,从此做了聋子反可集中心思研究。要是他专讲忠于职务,还不是应该提高喉咙多喊几声"不好啦!大马路出毛病啦!快看7分一张大美夜——报"吗?但丁是利己的,他只为发泄自己的灵感而写成一部《神曲》,却没有为黑暗时代忧得失眠,精心构思弄出个文艺复兴的计划大纲来。孔子是利己的,他跪拜南子为的是想利用她来实行自己之道,却不肯真心替她做个代理人之类，到处宣扬她御夫之道与道地的货真价实。我知道许多文人都为了穷得要死才写成不朽杰作，若一味想着文坛寂寞，为了整个文坛或整个人类才发愤动笔，则其利他的好心虽也可佩，但其如此好心未必就能够做得成好事。

据说最讲究利他道德的人要算释迦牟尼，而且其所利对象普及众生，不仅让人类专利。他曾割肉喂鹰，不管鹰食肉之后有否道声“Thank You”①，也不问割死释迦与救活一鹰其代价是否值得，他竟这样做了，所以便成“佛”而不复为“人”。我们是人，人的利他是要索代价的，因为不兼利他便无以更多利己，利了他即所以同时利己也。割肉喂鹰吾不能，不仅不能，若在迫切需要之时，我还要割鹰之肉以疗己饥。但我希望割时总要尽可能使鹰少痛苦一些，而且割后也不硬派它反动落伍等罪名，这就是我的道德观念了。至若自食鹰肉，而骂他人干吗不割肉喂鹰，则吾尚不敢以此道为德也，其他也卑无甚高论。

（原载1941年3月1日《宇宙风·乙刊》第40期）

---

① 英文：谢谢你。

牺 牲 论

——俗人哲学之二

“牺牲”就是给人家宰了放在祭坛上供神的牲畜。没有一头牲畜愿意乖乖地自动爬上坛去,交出自己的生命作为他人求福的工具的。这是牲畜的冥顽不灵处,也就予利用它者以相当麻烦,有几个心肠生得软一些的听不惯哀鸣,甚至在动手时还要考虑到应否以羊易牛等问题起来,着实不够痛快!但话虽如此,却也没奈何它,因为它毕竟是个畜生,只知道生的欲求,不懂死之价值,爱肉体而不爱精神,同它讲理也讲不清,要吃它的肉就非露出一副屠夫凶相来强制宰杀不可,远不如这个号称“万物之灵”的人类来得容易对付。因为这“牺牲”两字,在人类耳朵里已是个怪漂亮的名词,有许多“烈士”殉名者流往往不惜父母辛苦给他养大来的身体,为着“光荣”、“伟大”等字眼纷纷爬上坛去,咬牙切齿努力忍住死的痛苦。这就叫作自动牺牲。于是,他完了,永远地完了。利用他的人那时真算得到了好处,不唯可以始终藏起那副凶恶的屠夫相,而且还有成人之美的不虞之誉。“他的精神是不死的呀!”他们得意扬扬地望着牺牲点头赞叹了,围在祭坛下面陪祭的人当然也会佩服他们的聪明,大家附和着你一句我一句地望着牺牲之肉体而赞扬其精神:“舍生取义多勇敢呀!”“求仁得仁,死复何憾呀!”其中若有个把会作诗的还不妨诌上几首七绝五律之类来表扬其色之纯、其肉之肥,这样一来也算对得住人家做牺牲的一番苦心了,因为他从此可以永垂不朽,之后,与祭者论功行赏,大家分胙肉而散,高踞在坛上的尊神也只落得个受享的空名,而且在理论上还应该答报这批致祭者虔诚。

宇宙间究竟有什么力量在鼓励人们做自动的牺牲呢?我怀疑。

据说在我们中国,第一个不惜以身代牲畜的乃是商汤。《吕氏春秋》载着:“殷商克夏而王天下,五年不雨,汤乃以身祷于桑林,剪其发,割其爪,自以为牺牲。”这种割爪发扮牺牲的把戏,看来还不算难为。因为这样一来,倘若四海龙王真个看得过意不去,立刻就布云施雨了,则此活牺牲滚身下坛也不过淋湿一袭黄袍,回转家中看只只水缸满了可不开心。再说一句,但是求而不灵也不过白忙一趟,指爪头发都是愈剪愈长得快的。这是聪明人的牺牲盘算与限度,汤真不愧为殷商一代的开国之主。其后,牺牲牺牲便成为一般人的口头禅,牺牲财产、牺牲名誉、牺牲爱情,等等。仿佛一个人肯牺牲所有便是好,不肯牺牲所有便是歹,牺牲已超越美谈而成为道德上的崇高名词,真真抬举了这批宗庙畜生。

我说一个人做牺牲还不打紧,牺牲也得计较一下这牺牲的代价。记得幼时母亲常对我讲一件故事,说是邻村有一个妇人,卧病沉重而神志尚不模糊,听见她的幼子嚷着要吃食,当时房中恰巧别人一个不在,于是她便挣扎着最后一股气力来为她的爱儿取食,但结果东西还没抓到人已跌倒在地上死了。远近的村庄上都赞叹着她的牺牲精神。我的母亲也赞美她的,当然。但我当时每听到这段故事,幼稚的心里不知怎的总会发生种不舒服的感觉。现在我找出了这个不舒服的原因,那是牺牲的代价问题,我终究脱不了市侩气味。我不知道她幼子当时嚷着要吃的究竟是什么东西,若这种东西吃不吃根本没有大关系,则她这一抓,可不是损己不利人的无谓牺牲吗?若此物竟是种吃了坏肚皮的杂食,则她即侥幸抓着也是件害人害己的勾当。就算不是杂食,而是饭羹茶水等必需食品,则此子迟拿到或始终拿不到总也不至于立即丧生,又何犯着拼着性命去冒这个跌跷的危险呢?为爱而牺牲是动人的,但为爱而避免牺牲却更加合理。

所以,我希望无论哪个都要认清此点,便是牺牲乃不得已的结果,非在万不得已,不可轻言牺牲;对人如此,对己亦然。管仲见子纠死了,不惜跳上囚车去辅桓公九合诸侯,一匡天下,其价值较之召忽的自刎阶下如何?晏婴因国君非死社稷,不肯以身殉,也是所见独大。盖拔一毛而利天下不为的人固然是自私透顶,可恼可恨,但要是不问天下究竟是否一毛所能济,只一味牺牲牺牲把自己汗毛都扯光了排泄物不能出来,却也仅止于其志可哀而已。哀其志,故不忍哂其愚,这还是吾侪宽厚待人处。从井救人已要不得,更何况人已死不能救,再徒然牺牲宝贵的生命去殉先帝,殉亡夫,殉一切一切无价值的制度思想呢?

我们说忠,忠臣不一定要文谏死,武战死才算忠到了家:要文谏得得体,皇帝欣然采纳,赏赐有加;武战得得法,杀退敌人,衣锦还乡才算顶合理想。换言之,即牺牲小而代价大,或不牺牲而获得好处,才是顶顶值得赞美的行动。不得已而求其次,则牺牲也要牺牲得上算。同为孝女,缇萦上书救父,汉代为废肉刑,此一尝试可说试得值得了;而曹娥为求父尸,不惜纵身入江,虽说神灵默佑,终究给驮上个肿胀尸身来,也未免太不合算。我们试想假如那天神鬼不灵,大海捞尸竟不得呢?凡一作为总冀有利可图,明知没有好处而又不能避免牺牲的事,凡有意识的人都是不该做的。

有许多人替那类由盲目行动而招致无谓牺牲者作挽词时,不好意思直说其死因乃由于鲁莽或愚蠢,于是只得挖尽心思给他们想出些理由来掩饰掩饰,说是他们的丧生乃是为了爱啦、义愤啦、恻隐之心啦等等。好像这些关于性情的作为,原是不必以理智常识的标准来测量的。殊不知人类行为之值得赞美者在于合理,合理与否就是是非问题,是的就是真。真者必善,真者必美。舍此之外无所谓爱,无所谓恻隐之心,它们都是理智常识的产物。我们自婴儿呱呱坠地之初,也与其他动物一样,只凭生之冲动,在冀望满足一己的食欲外别无他求。

我们只知就乳而吸,不问此乳房系妈妈所有,抑或生在奶妈的胸脯上。假如我们可以说初生的婴儿也有其天性所谓爱的话,则其爱的对象,必为其自身食物——乳,以及乳汁所由来处——乳房,再推而及于长着这一对丰满乳房的妇人。妈妈不自行授乳,则婴儿即不知爱妈妈,故所谓亲子之爱也无非是理智常识的产物而已;至于如何爱法,也是各式各道,华夏以聚麀为大逆不道,而匈奴则以婚母为儿子义务,为此白白牺牲了昭君一命,这也不必说了。所可异者,众人不知求爱之合理,只问自己可爱得合俗与否,并将习惯看作天性,大家死守住不肯放松。殊不知这种因循而不肯求真的态度便是懒,懒者必愚,愚者多顽固,他们自己不肯努力求真也还罢了,而且阻挠别人求真的时候却又怪起劲的,因此人类的历史上就凭空添出了不少惨剧。

谚云:"知己知彼,百战百胜。"我们人类之所以得能成为地球上的霸王,并不是由于恻隐之心发达,乐于为他人牺牲自己之故,相反地而正是由于自利心重,善于利用他人来为自己牺牲之故。猫儿原非为了人类才捕鼠,蜜蜂原非为了人类才酿蜜,母鸡原非为了人类才下蛋,只为它们在能力方面与人类比较起来系属弱者,因此我们便觉得它们好像便天生地都有为我们牺牲所有的义务了。我们并不觉得利用猫的嘴爪就有雇主压榨劳工之嫌,更不觉得取蜜夺卵等等都是一式的强盗行径,讲起刑法来便有破坏宇宙秩序之罪名,只为我们人人都自认为万物之王,天赋王权有使众生都为我们牺牲之义务。若其中有某类东西与我们稍有利益冲突时,我们就有取其生命的责任。就如咬杂物的鼠子、伤稻穗的蝗虫,以及出而噬人的虎狼等等,我们无不乐其死而且唯恐其死法之不惨。谁说恻隐之心乃是对人对物都一视同仁的呢?利于我者,爱之欲其生;不利于我者,恶之欲其死。若有人定要坚持自我牺牲是美德，不论对象、不求代价地对老鼠对蝗虫都讲起爱与恻隐之心来，于是，毁物以喂鼠，留稻以饱蝗虫，投身以饲虎狼，这还不被人家笑话为疯癫吗？世界上绝不会有这种痴人，愿意替老鼠蝗虫等有害于己的东西来做牺牲，从前没有，现在没有，将来更不会有。

老实说，人们不惟不肯为己所不爱的东西做牺牲，就是偶尔肯替自己所爱的东西来牺牲一些小利益，也是存着或可因此小牺牲而获得更大代价的侥幸心才肯尝试的。人类都有经商的天才，不为获利而投资的人可说是绝无仅有，倘使他真个因此亏本而丝毫没得好处，那是他的知识不足，甘心牺牲乃是他的遮羞之辞。一个孩子不知火之危险以手摸灯灼伤了指硬说是为了探求宇宙之光明而牺牲，此种现象正是一切自动牺牲的最好比喻。

真正的牺牲都是不得已的，所以我们不该赞美牺牲，而该赞美避免牺牲。

（原载1941年5月1日《宇宙风·乙刊》第44期）

论 离 婚

离婚的决心通常总是由女人先下的，男子厌弃了黄脸婆，仅可在外头寻花问柳，姘居纳妾，甚至再来重婚一个"夫人"，他们用不着逼太太离婚，尤其是太太已养了成群的儿女，则留在家中就替他照顾儿女也是好的。

然而太太要离婚了，自由啦、独立啦、爱情啦……各式各样的新学说、新思想，把她脑子都搅糊涂了，她不及想到现实社会里，虽多的是崭新思想或学说，而大家做出来的行为却还同18世纪、19世纪差不多哩。她吃苦了！吃到了苦头还不敢老实说出来，于是直苦到死，死而后已。

近年来不知怎的，我有许多同学以及表姊妹、堂姊妹等都闹着离婚。她们都已生男育女，丈夫也不坏到怎样，家里又不穷，我真想不出她们所以要离婚的缘故。我的丈夫是律师，她们把这事委托他办，他替她们抄上千篇一律的理由，便是"意见不合，势难偕老"。但我以为她们结婚都不是眼前的事，意见不合何以早不提起，迟不提起，偏拣这时候来提起难以偕老的话呢？这个时候是什么时候？于是我开始研究她们的年龄。

二十七八岁是女人最容易下离婚决心的年龄。上了29岁、30岁便在目前，她自己就是不照镜子，也会想到老之将至，胆怯而不敢尝试的了。至若在二十七八岁以前，则一个女人总是离婚也快乐的，不离婚也快乐的，离与不离往往取决于客观环境或偶然发生的事故，与她本人的真正意志无涉。

她们为什么要离婚？因为她们相信自己的力量，能够在离婚后谋取更好的生活。没有一个女人预知日后生活将陷于寂寞凄惨之境，而尚敢决意离婚的。即使真的难以偕老，她们也只会投河上吊，决不会抛儿别女，或携了儿女求下堂而去的。她们口口声声嚷着“不堪虐待呀！”“恶意遗弃呀！”都是假借理由。要不是有个较美满生活的憧憬在脑里，虐待也得忍受，遗弃也得期望其回心转意。

有一个离了婚的女友对我说：“他不喜欢我呀！我还年轻，女为悦己者容，人家不喜欢我，又何必强求呢？”这是她对于美貌的自信。她以为：“凭我这副面貌，你不识货，自有识货的人来娶，也许那人还高出于你，我又何必定要守住你呢？”她的美满生活的憧憬便是想换个天天赞美她是安琪儿的丈夫。

另一个女人解释自己所以要离婚的理由：“你知道我是要专心美术的，他不了解我，时时妨害我的工作，再这样下去我的前途可完结了，因此……”她以为离婚之后便可以专心美术而博取远大前程，这是她对于美术天才的自信。

善良的表姊哭哭啼啼逢人诉冤:“他可是顶没良心哪,前年生病我替他换尿屎,去年他失业了,我又把金镯兑掉给他……如今,唉,他迷上那个妖精哩,难得回家,回来也不给我好嘴脸看……我这样赖在他家还有什么意思? 不如离婚了独自当姑子去。”她虽没有旁的野心,但她相信当姑子总比赖在他家里快活一些,这也是她对于未来生活的美梦。

其他离婚的理由还多得很,如家庭经济拮据哩、对方脾气不好哩、公婆妯娌噜苏哩……都足以造成夫妻吵架的原因。吵架便使气,使气便离婚,离婚尤以头婚夫妇为多,二婚、三婚便不大有了。原因是头婚没有经验,常把对方为人来与自己理想的配偶相比较,觉得各方面都未免相差太远,失望之余,便打算换一个试试。及至换来以后,再将新旧配偶比较一下,想想真是天下老鸦一般黑,大家还是得过且过罢了。况且一个人要不是存心想做什么明星,离婚次数多了总也不大好听,故大家虽是意见不合,也还得勉强偕老下去。

其实呢,意见不合也真的绝不会是什么难以偕老的原因,夫妻要好不要好可与意见绝无关系。一般人找对象常爱瞎扯一套,什么要意见相合哩、志趣相同哩,全是欺人欺己的废话。夫妻第一要讲相配,相配便可为偶。合呀! 同呀! 都是没有用的。什么叫作相配? 那好比底之于盖,纽之于孔,配起来可以合成一件东西。两只底、两个纽,或两只盖、两个孔在一起,便只好做朋友,不能算是夫妻,古人阴阳代表夫妇之性别,以刚柔说明夫妇之性格，以内外分别夫妇之职责，颇懂得相配相合之道。今人则家从平等的“平”字上头着想，因此夫妻就像两条平行线似的永不会碰头；再加上一个同志的“同”字，同则相斥，更非做到离婚的地步不可了。谚云：柔能克刚。你的脾气躁，我不来理你，由你跳足直嚷一阵，过一会子便自好了。好了之后再慢慢数说，不怕你不向我低头认罪。家庭里头本来不是西风压倒了东风，便是东风压倒了西风，绝等平等是做不到的。而且，就做到了又有什么用处？我们在讲爱情的时候，不是常把对方看作高空明月，自己甘愿低首膜拜，绝不敢想爬上去与她并悬而争辉的吗？

至于同呢？那是更加同不得的。同做律师，便要大家争夺生意，相妒；同为文人，便要互相评论好歹，相轻。况且世界上真有学问、真有本领的人也少得很，对方与你同志、同道、同学、同事，同得多了，西洋镜便容易给她拆穿。齐人妻妾在不知她们的丈夫在外头干什么的时候，见他吃得醉醺醺地回来，心里一定也很敬重，奉烟奉茶特别殷勤，及至知道了他的酒食的来源以后，便要瞧不起他，詈他唾他了，这样说来夫妻可是好互相了解的吗？

不仅此也，性的诱惑力也要遮遮掩掩才得浓厚。美人睡在红绡帐里，只露玉臂半条，青丝一绺是动人的，若叫太太裸体站在500支光的电灯下看半个钟头，一夜春梦便做不成了。总之夫妇相知愈深，爱情愈淡，这是千古不易之理。恋爱本是性欲加上幻想成功的东西，青年人青春正旺，富于幻想，故喜欢像煞有介事地谈情说爱，到了中年洞悉世故，便再也提不起那股傻劲来发痴发狂了。夫妇之间顶要紧的还是相瞒相骗,相异有殊,我不使你看到早晨眼屎,你不让我嗅着晚上脚臭,始有美感;我不懂你文章多好,你不知我刺绣多巧,便存敬意。闹离婚的夫妇一定是很知己或同脾气的,相知则不肯相下,相同则不能相容,这样便造成离婚的惨局。

还有过分认真也是造成离婚的原因,太太忘记在丈夫生日那天给他备好两碗长寿面,便认为是爱情冷淡的明证,这样责备起来闲话便多了。同一个关心家事的细腻的男人相处可不是件容易的事。尤其是一般自命为新女子的太太,往往自己胸怀大志,把家庭事务弄得乱七八糟,结果便非夫妻反目不可,其实男子都是贪的,今天替他把皮鞋擦亮了,明天他又嫌你未烫平领带,老做不足;而女人则都是懒的,今天你不责她未擦亮皮鞋,明天她便索性连领带也不给你烫了,养成习惯,百事不管,把家务责任一股脑儿都推在女佣身上,自己就吩咐一声也嫌太麻烦噜苏,有些人甚至还觉得事属细微,不屑为之。我知道有许多人家夫妇不睦都是由于男人细心、女子大意而起,我的父母便这样,我爸爸喜欢种花,每次回家来时总要带了许多美丽的盆花来,等他出门以后,我母亲再不替他灌溉,日子一多便都枯死,于是索性连根拔掉,泥土给我做泥娃娃,花盆则由弟弟搬来搬去当撒尿罐子,撞碎了结。我们看见爸爸第二趟回家时的怒容,他重新买了几盆心爱的花儿,在离家前夕因为不能携去,便对着它们流泪不止。但世上也有许多男人能马马虎虎,绝不计较妻子的措施的。像有一个朋友便这样说过:“我对太太的态度是敬鬼神而远之。她的作为是神圣的,我不敢过问;我的行动若系罪过也暗中为之,在她跟前总是斋戒三日,沐手上香,肃静跪拜而不作一声,这样也就无灾无祸的年年过去了。”此公可谓能够省事,想太太也绝不会想同他离婚的了。

离婚究竟是好是歹,要得还是要不得的呢?男人将会感到空虚,觉得仿佛失掉了一件东西似的,这东西就是累赘麻烦到十分,去了它总也不免有些留恋,尤其是想到她也许将另找新主,心里更有些酸涩涩的不是味儿,于是他便跳舞打牌找刺激,刺激得够了,重新改过好好做人,另娶一个年轻的姑娘来填房兼补脑中的缺陷,从此要不是在晚年前后妻所出子女有相仇相恨等事,便再也不至于旧创重痛了;女的则不是如此,她们在最初出去几天大抵总是气愤愤称宁死不悔,及至遇到了人觉得别人再不是像从前般追逐她、奉承她时,她便觉得自己老了。一个女人在丈夫身边不论过多少年数,养多少儿女,都不会想到老不老的,除夕过去,元旦到了,她总是兴高采烈地计算小明今年8岁了,小涵去年是4岁等事,绝不会想到自己去年31岁,今年便上32岁了。可是一个离了婚的女人,她就怕见贺年片哩,她也怕看元旦的报纸广告,万一她丈夫竟择这天与另一个女人结婚了。

老实说,一个女人若只为自信美貌或能力而遽与丈夫离婚是不智的,一个美貌的弃妇与一个美貌的少女在恋爱市场中的估价乃完全不同,那就是说,凭你的美貌也许有人来调戏你,但却少有人肯娶你,更不能娶了去始终看重你。至于能力,哼,一个女人凭美貌找职业还容易,凭能力来解决生活问题可都是气恼与辛酸了。十八九岁的娜拉跑出来也许会觉得社会上满是同情与帮助,二十八九岁的娜拉便有寂寞孤零之感,三四十岁的老娜拉可非受尽人们的笑骂与作弄不可了。美貌与能力是能够予人幸福的,但这幸福可并不是靠离婚才能获得的呀!

社会对待离婚男女是不平等的:对男人也不予重视,管他丧妻也好,离婚也好,一经续娶便没事了;对女人则是万般责难,往往弄得她求死不甘,求生不能。因此一个离婚的女子神经总是有些失常,她永远不会再相信男人,她只知道恨他,气不过他。就在将来再嫁的时候,她也许会小心翼翼地体贴后夫的心意,但她绝不能真心不顾一切地爱他,她要时时替自己或前夫所生的子女打算。惨痛的往事在女人心中永不会磨灭,她将永远自己警惕着,还要告诉她的女儿,叫她们都得小心提防。因此一个不幸的母亲抚养大来的女儿往往也是非常不幸的,她们母女感情特别浓厚,而对男人则预先存着疑惧的念头,不敢大胆地热烈地去爱上他或接受他给她的爱,没有性爱的生活是变态的!所以我以为离婚后的子女,为他们本身的幸福起见,还是归父亲抚养为宜。

离婚在女子方面总是件吃亏的事,愿天下女人在下这决心之前须要多考虑为妙。只有一种女人可以决意离婚,便是她根本另有所爱,绝不把丈夫放在心上。这爱的对象也许并不专限另一个男人,就如祖国啦、学问啦、事业啦,以及其他的人啦、事啦、物啦,统统属之。她心中既先有了爱人,不管她丈夫本身多好,待她多好,都不能使她移转心意,直到她丈夫给她气透、恨透、灰心透，再不要同她偕老下去，她这才考虑到别人的幸福问题，慨然予他以解放——离婚。离婚之后她只有抱歉，可是绝不会后悔，就后悔也是悔不该在当初答应他结婚的。除了这种女人之外，普通女子在下离婚决心的时候十分之九的心还是希冀他能因此害怕而改过的。她对他说："因为你这样这样待我不好，所以我只得同你离婚了。"那意思就是说："假如你不这样这样待我不好，我又何必要同你离婚呢？"那时候只要男人肯摸一下小明的脖子，或捧住小涵的白胖的手流几滴眼泪，做太太的便是怒气也消失了，怨气也散尽了，夫妻总是夫妻好，又何必叫律师来重抄一套"意见不合，难以偕老"的离婚老调呢？

（原载1942年10月16日《古今》第9期）

送　　礼

做主妇有件顶麻烦的事,便是送礼。公婆生日要送参燕银耳,小姑小叔入学要送书包钢笔,妯娌之间又是礼尚往来,这样一门里头已经忙不清哩! 加之外面四亲八眷、新交故知、上司下属的婚嫁丧事、阴寿阳寿、生子育女、乔迁出行等等,都是记不清、送不完的人情。偶有遗忘,便是失礼;稍有不当,便成笑柄。而且这类礼物送去以后,受的人绝不会对你稍存感激怀念之心,相反地,他们尤其是她们正在估量挑剔,计算这东西是否能够与他们上次送你的等值? 是特地定购来的抑可现成买得的? 或者竟是将旧有东西换上一张包纸便转送给他们? ……总之,照目前的一般情形而论,受礼像是一种权利,送礼像是一种义务,这是很明显的事实。

我平日为了挑选礼物,总是煞费苦心。既要好看,又图省钱,想想天下哪有这许多便宜货可拾? 有时价钱看看倒便宜,就是货色放心不下,于是只得四处向人请教。待人家也说便宜,再决心前去购买时,那东西早已给人家识货的捷足先得了。那时我的心里虽懊恼,却也不甘虚此一行,就自另外物色起来。不料这回礼品倒没拣着,却意外看到了许多可爱的小玩意,只得择优买一两件转来。我的卧室内就放满了这类初看新鲜、久而也不新鲜了的玩意儿。有时看孩子们闹得厉害,便顺手拣一两样给她们玩,不一会便自拆坏了。这种意外的损失,一年到头计算起来可也不在少数。有人说:"男人买东西,常肯花两元钱去买实际上只值一元但却是合用的东西;女人则虽能以一元钱代价把价值两元的东西买来了,但这东西往往却是什么用处也没有的。"这样说来,女人既不是购物能手,我不懂一般人家为什么还要把这送礼的责任放在主妇身上?

记得我在结婚不久的时候,夫家有一位三伯婆做寿了,我精心挑选了一个半裸女像当作礼品。在做寿那天,她家人把礼品统统陈列在厅上。于是来宾都纷纷批评着,尤其是女人,她们指这样瞧那样地谈得最起劲。

"瞧,七妹子家里送来的那套茶具多精致哪!真正的江西出品。"

"还有宝嫂子的绣花呢!五彩凤凰。"

"……"

"咦!那个露着奶子的女人是谁送的呀?样子像妖精,寿婆婆瞧见了可要当心吓……"说话的是个焦黄脸孔的少妇,她把"吓"字句下的"死"字咽了进去,赶紧在喉头干咳一声,逼出嘻嘻的冷笑声响来。

大伙儿都带着好奇心,你挽我、我拖你地拥过去瞧这希奇礼物了,好事的还拉了寿星三伯婆同走,我孤零零地留在原处,低下脖子只想哭。

“呣呃!”三伯婆在哧哧笑声中鉴赏着我的礼物:“真是件新鲜玩意。我猜定是我家四房里明官的新娘子给我挑来的,她是个女学生。可惜我老太婆不懂洋派……呣呃,那东西看去倒像尊外国观世音菩萨,面孔标致得很。……放在这里给孩子们亵渎了不好,再者给年青姑娘们瞧见奶子露着也怪难为情的……呣呃……呣……我家只有王厨子的老娘入洋教,回头送给她供奉去,倒是正好用得着……”

我不想再听下去,昂起头来径向外走,里面焦黄脸孔的女人还在揶揄我丈夫:“明哥,亏你的新嫂子想得周到,送个妖精来,几乎吓掉了寿婆婆的……”

我恨我自己粗心,在挑选的时候一心给那雕像的纤美迷住了,不及想到送艺术品给那种老太婆正如拿美玉珍珠喂母猪一般,她们只知吃与供奉,唉!

送礼物应该顾到受礼人的爱好,固其然矣,但有些受礼人的胃口实在令人难以将就。即以图画来说吧,他们所欢喜的人物是八仙过海,他们所爱悦的花鸟是牡丹凤凰,你能把这些丑陋东西送了出去,还加上个世愚侄×××敬贺的署款吗?不,绝对不能。于是选择礼品还是从食物上着想:端午送粽子,中秋送月饼,大年夜送上七八斤糖糕,这个该没有雅俗新旧之分的了。就只送人家生日礼呀,还得有些讲究!老派人得送他寿桃寿面,新派人可送他“寿”字蛋糕,其寿虽一,蛋糕与面则有个分别。可惜的却是食品多不能久藏,送来的东西多了自己吃不完,不得不转送些给他人。因此赠物以留纪念的意义便消失了。一个当家老太太常在中秋十日前焦急起来:“新娶的小媳妇家里的节礼干吗还不送来呀?她家要是送来了,我便可省买四盒月饼,把它们转送到三女儿婆家去。”今年冠生园月饼涨到七八块钱一只了,可是送礼的还是不能不还清这笔人情债——普通债务清偿不了尚属情有可原,人情却是不可或缺的呀!

我相信送礼的起源由于赠品,赠品本来是表示自己的友情,使对方留作纪念的。既没有规定什么时候该送,更没有规定何时便该送何种东西。因此一首小诗可算是赠品,一扇、一帕,无不可当作高贵的礼物。在送者固是情意拳拳,受的人也自眷念不已,什珍以藏,此所谓千里送鹅毛,物轻人意重也。及至赠品按时送多了,得者便不以为喜,一个西洋人家的孩子若在圣诞节上得不到糖果,便要存在怨艾他父母起来。而且孩子们若发觉彼此间所得的或有多少,也要对赠送的人大为怨恨。送礼便是这种常赠多赠的结果,送得滥了,受得惯了,双方面都觉得这是件添烦恼而且增怨恨的苦事。

到了现在,人们都知道这送礼真是件出力不讨好的事了,但省掉却也怕招怨,于是便想出个不求有功、但求无过的办法来,便是使用银行礼券来当作礼品。这样在送者既可免选择携带之劳,在受者亦可省估量计算之苦,其实可说是两得或两便。譬如甲上次送乙金城银行礼券10元,乙这次还礼也是10元,虽然礼券是新华银行出的,但这又有什么分别?于是甲就可以放心收下了。又做父母的若有五个孩子,各人出世的季节不同,倘若都送应时水果,则得橘子的疑是桃子好吃,得桃子的又妒橘子价贵,大家都要生肚病了,不如各送大洋5元,一律平等,皆大欢喜。这便是送礼进化的三个阶级,由赠品而礼物,由礼物而礼金或仪洋了。就算现在币制改革,金洋绝迹,则改称礼钞仪票该也是一样的。可惜的是这种礼券的互相交割,只能表示财产的过户,与“表示送者情愿以供受者怀念”的原意义却早已消失殆尽了。因此礼尚往还之实际上已不是“送”而变为“讨”,试看请帖讣闻之类,还不是变相地讨人情条子吗?一个人大抵只要不是石头缝里钻出来的话,总该有些亲属之辈,这便等于落地负债。长大之后,再加上一批戚谊友谊,更不得了,债主愈来愈多矣。从此我问你讨,你问我讨,大家交换着麻烦到死。就算讨来与送出的礼券总数相符的话,也已经白白损失了“敬使”一项,加上主妇的无谓的精神耗费,其损失可也不在少数哪。

(原载1942年12月1日《古今》第12期)

恋爱结婚养孩子的职业化

恋爱难,结婚也难,养孩子更难。从前的人都是早婚,跳过恋爱这个阶段,养下孩子也有大家庭负责,因此倒也不觉其难。到了如今,人们都相信恋爱至上,婚姻自主了,以为此中孕育着无限幸福,左拣右拣,弄得反而为难起来了。

我说恋爱之难,不是在于对象难找,而是在于找到之后,大家不肯进行之故。盖我国虽号称文明之邦,对此道却远不如野蛮土人来得自然。一般人嘴上虽同情恋爱,心里总觉得有些那个,眼前若有人尊你声"恋爱专家",试问,你听了还生气不?学校算是得风气之先的了,但目前在学校里,还不是学生讲恋爱则扣操行分数,教员讲恋爱则受解职处分?任何人只要对异性多看几眼,人家就会认定你是个轻薄之徒,使你的身份立刻一落千丈。因此慎重一些的男子便不肯轻易启口求爱,矜持一些的女子也不肯轻易接受人家的要求,谁都觉得兹事体大,非特别加以考虑不可。殊不知恋爱的进行最忌考虑,考虑愈多则勇气愈少:最初考虑该如何表示,其次考虑会不会碰壁,再则考虑为此人而冒碰壁之危险是否值得,如此则三番考虑之后,绝鼓不起大无畏精神来说“我爱你”矣。我知道有许多淑女,都是这样因为君子不肯来求,而对来求的人又怕他们不够君子,于是白白耽误了青春。大概男女的年龄愈大,地位愈高,则进行恋爱的胆量愈小。男若做到大学教授,女若到了三十开外,在此以前尚未恋爱,其后机会便难得有了。

然而恋爱难还不打紧,不恋爱照样也好结婚。不过这结婚呀,总是势在必行的了。世界上和尚尼姑毕竟少数,一般人就不为传宗接代,也得避免麻烦,循俗结婚。以前许钦文先生不是写过“无妻之累”吗?无妻的麻烦多得很呢。即以上海找房子而论,无眷不租,独身汉子可有些难堪。女子年长不嫁者往往要患有歇斯底里症,见厌于兄嫂,见笑于外人,其苦尤甚。因此有许多抱独身主义的人,到了后来也还是结婚。不过结婚之难,不在于踏进礼堂的刹那,而在于婚礼完成退出礼堂之后,大家该如何永久地共同生活下去,才能得到快乐与幸福。过去那种以父母之命媒妁之言而造成的婚姻,完全瞎碰瞎撞,在理论上该是难得美满的了。不过事实上却往往因为当事人预先所存的希望不奢,故揭巾之后,只要看见新郎不秃、新娘不麻,大家便能欢喜地偕老下去。不如现在一般所谓摩登男女,口口声声说是婚姻应该以爱情为基础,而自己却不肯拿出爱来,至少是不肯先拿出爱来,只一味强讨对方的爱情,稍嫌不足,便生怨望,由怨望而灰心,由灰心而决裂,结婚之道便多难了。

因为近代婚姻之多数不能称心满意,于是养孩子便成了问题。养孩子原是件顶麻烦的工作,一会儿把尿,一会儿把屎,一会儿又要替他们擤鼻涕,日以继夜,还忙不清楚,哪里还谈得上什么八小时工作制度?在从前男尊女卑时代,男子主外,女子主内,职有专司,大家推诿不得。如今是男女平等时代了,男子们对妻子衣食便不大肯负责起来,而且好高骛远,又是人之常情;女人们既逼于环境,又羡慕各种学问事业成功时的荣耀,便自乘机纷纷抢着对外起来。不过女人主外了,男人不见得同时便肯回来主内,结果是夫妇在外各主各的,家中孩子无人看管,非由娘姨来承乏不可。父母对于儿童的影响很大,从前的人思起亲来,总是父母并思得多,到了我们这辈已是只思母亲不思父亲的了。如此下去,我恐怕下一辈的记忆中,根本就不会有双亲的印象。所以现在有许多人都劝新女子应内外兼顾,但一个人的精力总是有限的,女子肯不肯兼顾是一个问题,能不能兼顾又是一个问题。即使目前的新女子都接受这个呼吁了,试问哪个机关、哪个学校、哪个工厂又是允许女人带了孩子去办公、上课与做工的?因此在女人生活没保障之际,无论怎样叫她们安心养孩子也是不可能的。

我敢说:假如社会的情形不变,或者变是变了,而是变得更坏的话,不久以后就将无人养孩子,无人结婚,也无人认真去谈恋爱了。除非是干这三项工作的人都受相当报酬,那就是说恋爱、结婚、养孩子的职业化。

以出卖情爱为职业的人,现在已经不少,也用不着再等到将来了。不过这职业似乎还不很公开,而且从业员又往往专限女性。她们虽以出卖情爱为生,但名义上却不肯公开承认,恋爱只好算作副业。只有妓女比较还名副其实一些,就是要出花捐,甚不上算。而且来购买的人也因说穿了有些难为情,不如到别处不说穿的地方去有所借口,因此以卖爱为正业的人反不如以之为副业者来得景气。不过我相信将来必会揭破这层假面具,而将爱情堂而皇之地标价出卖。也许采用拍卖行的方法,让一大批人来估价竞购。而且这种新兴事业也决计不会让女性永远专利下去,在各人各团体间营业竞争剧烈之际,"恋爱技能训练所"等等教育机关之设立也是必然的事。也许里面科目繁多,如情话科哩、接吻科哩……应有尽有,任你挑选,教师自然是名家。学生毕业之后,当然也有学位颁给,以资识别而广招徕。不过这种职业的范围应以非正式的不受孕的性交为最大限度,正式便属于结婚业范围,受孕便属于养孩子业的范围。

婚嫁是女子最好的职业,关于这点林语堂先生已详细说明过了(见《语堂文存》第146页《婚嫁与女子职业》),兹不多赘。不过他所说的,似乎包括兼售恋爱及养孩子这两种工种,其业务范围未免太广,以结婚为职业的人也就未免太苦了。目下一般工业都讲究分工,愈分得开愈好,恋爱结婚养孩子亦然。恋爱是讲究美感的,结婚是讲究实际的。从业员与雇主两个人住在一起要和好无间,非有真实本领不可。这种本领的训练该与恋爱技能的训练全无不同,以结婚为职业的人,应该在事先学习如何替雇主管理家庭、料理琐事,如何侍候疾病、接待宾客,这样使雇主觉得事事惬意了,始可执一业以到老,从此再不必参加其他各种的生活斗争,而且这种终身职业也不必尽让女性专利,男人在今日既然可以做裁缝当厨师,则将来怎么不可以坐在家中做做家主公呢?

最后,该说到养孩子这桩事了。这是顶艰巨的工作,不能归私人经营,必须列入国有企业项下,才是正经。因为孩子是国家的真正命脉,比铁道、邮务、关税等等还要紧得多。而这般从事于养孩子职业的人,首先须向国家指定的处所去检查体格,然后再测验智力,若是查验结果确为身心都健康者,这才把他们(及她们)放在优良的环境中,使之干传种的工作。如此一来,于优生学上该大有裨益。婴儿生下以后,便使他们(尤其是她们)照顾养育,并由医学专家及教育专家不时负责指导。这些从事养孩子工作的人,在他们(及她们)工作之际以及年老不能工作了时,统由国家予以最优渥待遇,比之元首,殆无不及。否则人人均裹足不前,岂非马上便有亡国灭种之忧了吗?

这三种事情职业化了以后,社会上将有许多传统观念都一齐打破,因而产生出种种新的人生观、新的道德观出来。那时候除了生孩子一项应由国家核准之外,其他如恋爱结婚二项工作,即非职业人员也可自由参加。它的情形正同运动界与戏剧界一般,有职业运动员,也有业余运动员;有伶人,也有票友。其间职业与非职业者的差别,仅在于另一个是完全出于自然爱好,既无专责,也非靠此吃饭而已。

(原载1943年2月1日《古今》第16期)

再 论 离 婚

记得从前我曾经写过一篇文章,叫作《论离婚》,刊在《古今》第9期上,内容是说离婚对于女子方面的种种吃亏,劝人家可以马虎还是马虎过去为是,那时候我还是以第三者地位替人说话,所说的话自然不免近乎风凉。但是现在就情形不同,我已深切地因此而感到痛苦了,觉得另有许多话要说,于是执笔写这篇东西,题目就叫作《再论离婚》。

我们知道一般女子诉请离婚的理由,总不外乎遗弃虐待。接着就是陈列事实,说到对方总是横蛮绝顶,令人发指;说到自己则是凄恻哀婉,听者动容。但是这张状纸究竟是谁做的呢?当然是律师做的,或是律师的书记做的。请律师总不得不花钱呀,于是我们可以推想到她自己有些钱,或者是她的丈夫有钱,律师可以"树上开花"。

此外,她一定还有个夫家以外的住处。夫妻失和,已经弄到非请律师打官司的地步不可了,你总不能再住在夫家。打官司不是一朝一夕可以完结的：你着急，律师不着急；律师着急，法官不着急。于是一审数月，再审半年，说不定拖延下去，拖上两年三年也没有话说。那时候你可能够住在丈夫家里，吃现成饭，一面同他慢吞吞地打官司吗？当然你得回娘家去，在娘家权且住几时再说。

有娘家可归的女人总算不坏呀！

假如你没有娘家，或者娘家虽有而不能归去的话，那就要靠自己有钱或者有职业了。因为有钱或者有职业之后才能独自在外面租房子住，租公寓住，甚至长期住旅馆亦可。

有钱或者有职业的女人也不坏呀！

然而，假如你是连这些也没有的呢？那时你不能留在家里，就只得找亲戚、找朋友来帮忙了。说起找亲戚，夫家的亲戚，是万万找不得的。因为你若仅是同丈夫吵架，到夫家亲戚跟前去哭诉哭诉，就在他们家里住上几天，然后由他们出面劝劝你丈夫，叫你丈夫来接你回去，你丈夫接你回去之后自然得向他们道谢，你也谢他们，当然啰，那是三方都欢喜的。但若是你真的坚持要同丈夫离婚了，夫家亲戚便不会同情你，他们总是一家人呀！至于你自己的亲戚呢？恐怕也是卫道的多，劝合不劝离，他们以为两小口子争争吵吵总是有的，做亲戚者还是少管闲事为妙。假如他们真的帮得你多了，或者留得你久了，反要惹人批评，也许将来连你自己都后悔起来，还要怪他们哩。因此你若去找你自己的亲戚的时候，他们也还是劝你好好儿回去的；或者暂时许你勾留几天，叫你丈夫来接你回去。

然而你怎么能够就回去呢？离婚的话已出口了，你丈夫也许动不动就会说："你再去找律师来同我打官司呀！"或者说："你再逃到某亲戚家里去住上一辈子呀！"

不能回去，你就一定会想到朋友了。真的，朋友常是最能了解你、最能同情你，同时也是最肯帮助你的人。然而，人家了解你，你也得了解人家；你总不能利用人家待你的好处，使她们帮助了你便自己受累呀。说起人家的困难也多得很：第一，她们也许居处狭小。一间前楼，夫妻孩子都挤在一起，你再插进去，搭张帆布床，一住便是三月半年，不是对人对己都不便吗？第二，她们也许经济拮据。一家数口，自己天天愁米愁煤球的，再加上你一个外面人吃用，不是更加了不得吗？第三，她们也许家庭情形复杂。婆媳啦、妯娌啦、姑嫂啦，自家人同自家人之间已经闹得不可开交了，再加上你一个客人，给人家嚼舌头论长论短，不是更加使你的朋友苦恼吗？而且，在这几点困难以外，还有一个更大的困难在，便是她们怕因此而得罪你的丈夫，使你的丈夫同她们为难。你的丈夫也许会这样说："你们留住我的太太，使我们夫妻不睦，那是犯教唆罪，妨害家庭的呀！"这样一来，你的朋友就是不怕你丈夫正式控告她们，却也多少总感到不便。假如你的丈夫还带些流氓气的话，人家更不敢招此麻烦了。

娜拉并不是容易做的，娜拉离开了家庭，便是"四海虽大，无容身之所"了。自然啰，那可绝不是你的过错，也不是人家的过错。你的要求离婚是正当的，人家同情你离婚也是正当的。然而你总不能拿人家的同情来当饭吃、当衣穿、当房子住;人家也没有力量来供给你衣食住各项以表示她们对你的同情心呀!

女人的力量是薄弱的;女朋友们帮不了你,然而男朋友呢?

在离婚的过程中,据我所知道,就绝对没有男朋友帮忙的余地。尤其是住所方面,不论他的公馆宽敞到如何程度,你也不能要求他权且让出一间仆役室来给你庇身,因为那是"事涉嫌疑"的呀!

所以我说能够同丈夫打官司请求离婚的女人还是幸福的,至少她们有钱,有地方住。也许她们已经另有爱人了,有爱人做她们的后盾,于是她们便开始奋斗,争取光明灿烂的前途。但是另一种真正被虐待被遗弃被压迫的女人却是什么也没有的,前途满是荆棘,后面一片黑暗。离婚在她们看来绝不是所谓光荣的奋斗,而是逼不得已的,痛苦的挣扎。

不挣扎,便是死亡;挣扎了,也许仍是死亡。

人总想死里逃生的呀!

你恨你的丈夫,怕他,想逃避开他的魔掌,那只有一条路可走,便是自谋生活。虽然你是个无依无靠又无钱的女人,但是你多少总有些能力,能做工的便去做工,能教书的便去教书,什么都不能,或者什么都没有机会,便当乞丐去,总比"坐以待毙"来得好呀!若说没有住处,也可以露宿街头,街头不许你露宿便进巡捕房去,只要肯吃苦,总不至于毫无办法吧!

谚云:"天助自助者。"你有自助的能力与决心,便可以希望有人来帮助你成功了。但是你千万别把人家的帮助看得太重,也别把人家的帮助要求得太多。人家为什么要帮助你?假如他帮助你是因为你是个值得帮助的人,帮助了你以后对于他自己或者也有些好处,至少是没有坏处,他便帮助你了,这样帮助是靠得住的。否则,你自己一些能力也没有,只把弱点暴露给人家看,希冀因此而获得同情与援助,那好像烂脚乞丐把疮口露出来给人瞧个明白一般,人家即使一时可怜你,多丢几个钱给你,你也不能够一生一世靠人家的同情心慈善心过活呀!而且人家的同情心慈善心往往也有限度,"路见不平,拔刀相助"的侠客是有的,但叫人家侠客一世替你这个不相干的人保镖下去,那就不可能了。慷慨解囊、济人之急的君子也是有的,但是"救急不救穷",永远叫人家救下去就不可能了。假如人家今天同情你的原因是由于可怜你的烂疮,明天后天他便会因你的烂疮而讨厌你,看轻你了,这种帮助是靠不住的。

一个无依无靠又无钱的女人在逼不得已,非离婚不可的时候顶要紧的是准备能力,不是急于找依靠,找钱。但是我不相信一个青年或中年的女人便会绝无能力,问题恐怕还是在于缺乏勇气。

第一,她们恐怕离婚之后会嫁不着人,或者所嫁的人比前夫更不如。关于这方面见解,是见仁见智各有不同。在我个人的意见,以为选择丈夫也是宁缺毋滥,嫁不着人虽未免寂寞凄凉,但总比嫁不好的人天天受气为佳。至于比前夫不如这句话呢?所谓不如当然是指金钱地位方面而言了,若说爱情,对于前夫有爱情便不会离婚,对于后夫没有爱情也不会结婚的。婚姻是爱情的结合,不是金钱地位的结合,这点是应该认识清楚。

第二，她们恐怕离婚之后，生活更加较前不如了。这也是偏重物质，不讲精神之故。阔人家的丫鬟尽管可以戴金插银，穿绸着缎，吃鱼啖肉，但是她们还是奴才。她们好比风筝，线牵在主人手里，要你下来便得下来，粉身碎骨委泥土是你的最后命运。我是个天生成的贱骨头，觉得嫁个丈夫若不能尊敬我、爱护我，或者是个不能使我尊敬、被我爱恋的人，就做总统夫人也没有意思，还不如一个没有丈夫而能独立生活的女子，来得自由，过得快乐。

第三，她们恐怕离婚之后，便要受人笑骂。这个理由更加不成其为理由了。离婚结婚原是个人的私事，你吃不过苦头，快要给丈夫磨折死了，因此要求离婚，人家还笑话你，这种人是有心肝的吗？那么，你为什么要使这批没心肝的人得意，使他们瞧着你吃苦到死？又为什么怕他们笑骂，不敢自求生存，或者求更好的生存呢？笑骂不是他们的权利，怕笑骂也不是你的义务呀！

第四，她们假如有孩子的话，恐怕离婚要隔离母子。这点确实是值得考虑的，因为母子天性，一个同丈夫不睦，闹着要离婚的女子，常是更加爱孩子，视他们如自己第二生命，希望永远不要同他们分离的。但是，爱可绝对不是盲目的占有，你同孩子在一起，能够使孩子幸福，那是再好也没有的事。但假如你同孩子在一起，你的丈夫便不来供给了，你自己的力量又不足以供给他们，那时又该怎么办呢？听说荒年时候有许多人把孩子送给大户人家，希望他们有口饭吃，能够活命。一个生肺结核或其他传染病的母亲也应该离开孩子,爱是牺牲自己,成全他人之谓呀。至于你本人呢?在万不得已离开孩子的时候痛苦虽是痛苦,但这痛苦也可以自己排遣,譬如把精神寄托在事业方面、学问方面,便是一例。

老实说,爱的性质是强烈的,但同时也是流动有变化的。在我当初离开母亲的时候,我是日日夜夜、无时无刻地想念着她,后来日子多了,也就过惯,不大把她放在心上。现在沪甬仅一水之隔,我的母亲常常写信来促我归去,我却始终不肯动身,虽然我与她已有五六年不见面了。后来夫妇失和,我一时也曾感到空虚,幸而有孩子做我的安慰。如今孩子又不得不分离了,我当然更难过,但并不是痛不欲生,在工作忙碌的时候,我是根本不会想到她们的。因为我相信就是爱孩子也须先自维持生存,自己连生存都不能够了,又拿什么去爱她们呢?

总而言之,一个女子在逼不得已的时候,请求离婚是必须的。不过在请求离婚的时候,先得自己有能力、有勇气。至于离婚以后怎么样呢?我以为也不必过虑。一个有能力、有勇气的女子自能争取其他爱情或事业上的胜利;即使失败了,也能忍受失败后的悲哀与痛苦。假如她因没有能力或决心而不敢想到离婚,或者虽想到而不敢说,或者只说而不敢做,那便只好一世做奴才了。

(原载1943年5月16日《古今》第23期)

论红颜薄命

红颜薄命,这四个字为什么常连在一起,其故盖有二焉:第一,红颜若不薄命,则其红颜与否往往不为人所知,故亦无谈起之者;第二,薄命者若非红颜,则其薄命事实也被认为平常,没有什么可谈的了,这就是红颜薄命的由来。

天下美人多得很,就是在霞飞路电车上,我也常能发现整齐好看的姑娘。她们的眸子是乌黑的,回眸一笑,露出两排又细又白的牙齿。我想,这真是美丽极了,要是同车中有一个尊贵的王子,爱上了她,这位姑娘的美名马上就可以传遍整个的上海,整个的中国,甚至于整个的世界。可惜尊贵的王子绝不会来与我们一同搭电车,就是勇敢的武士、豪富的官绅等辈也不会,她们成名的机会多难得呀,就是有,也只在浪漫的诗人身上。

要知道一个好看的女人生长在一个平凡的家庭里,一辈子过着平凡的生活,那么她是永远不会成名,永远没有人把黑字印在白纸上称赞她一声

“红颜”的。必定在一个偶然的机会里,她给一个有地位的男人看中了,这个男人便把她攫取过来,形成自己生活的一部分,于是牡丹绿叶,相得益彰,她既因他而一举成名,他也因她而佳话流传了。美人没有帝王、将相、英雄、才子之类提拔,就说美到不可开交,也是没有多少人能知道她的。

譬如说吧,西施生长在苎萝村,天天浣纱,虽然有几个牧童、樵夫、渔翁等辈吃吃她豆腐,她的美名可能传扬开去到几十里以外的村庄吗?即使她有一天给挑水夫强奸了,惊动官府起来,至多也不过一镇的人知道,一城的人知道足矣,哪里会名满公卿,流传百世,惹得骚人墨客们吟咏不绝呢?这也是她机会凑巧,合该成名,有一天正在浣纱的时候,刚好给范大夫差来寻美女的人瞥见了,于是她便给人家一献而至范大夫府上,再献而至越王座前,三献而进于夫差宫中。于是她的“红颜”出名了,薄命也就不可避免。

的确,在从前的时候,王宫就是红颜薄命的发祥之地。一个如花如玉的少女进了宫里,不是没有机会见男人,守空房到老,便是机会来了给那个骄恣横暴粗俗恶劣的所谓皇帝也者玩弄。那家伙有的是权,有的是势,有的是金钱,有的是爪牙,还有礼啦法啦这种种宝贝给他做护身符,一个美人到了他手里,便再也别想受他的尊重及爱护,相反地,他只知道蹂躏她,而她也只好忍受着听凭摧残。他也许是年老龙钟的,荒淫过度身体衰弱不堪的,有恶疾的,脾气当然不好,文才武才都没有,面貌也很难希望他生得端正漂亮,但是你都得忍受,还要感激他给你的皇家雨露之恩,不忍受不感激便是大逆不道呀！当我读到长恨歌中“承欢侍宴无闲暇，春从春游夜专夜”这两句时，总觉得玉环太苦，倒不如趁早长眠马嵬坡下，得到永久的休息为妙。皇帝这样，其手下的权贵们也就差不了多少，所以美人嫁给阔佬大概是很苦的，许多美人之没有后裔，大概也是由于她们的男人荒淫过度失却了生殖能力之故，盖当时未必有可靠的避孕法也。

婚姻不如意，便是顶薄命的事，理想婚姻是应该才貌相当的。所谓才貌相当，也不仅是男有才而女有貌，我的意思乃是说男之才与女之才相称，男之貌与女之貌也相当之谓。男女双方之才均称则精神上愉快，男女双方之貌得当则肉体上满足，这是灵肉兼顾的顶完善办法。而且话得声明在前，这里所谓才也貌也都是指广义的而言，才乃包括一切思想学问志趣嗜好，不是专指吟诗作画等一艺之长；貌亦包括年龄健康清洁卫生，并不是专论一个面孔的呀。

此外尚有更重要者，则为道德之讲究。在婚姻关系中，若有一方不讲道德，即令才貌相当，恐亦难致幸福。至若一般有地位的男子想借其优越势力以猎取女人的肉体，或一般长得好看的女人想利用其美貌以猎取男子的金钱，则其动机已经卑鄙，道德观念全消失，哪里还谈得到真正的爱情幸福呢？

可惜许多女子都见不及此，这也是造成红颜薄命的另一原因。盖美貌常与年轻相连，年轻的女子常常缺乏经验、缺乏学识，则也是事实。学识经验既然缺乏，自然容易上钩，受人之骗，后悔莫及。美貌与思虑常是成反比例的,不会思虑的人,吃吃睡睡,跑跑跳跳,便容易显得年轻好看。而一般男人又多赞美她的好看,而不提及她的无知,有时还说无知更能显出娇态,逗人爱怜。其实这句话可不知害了多少女子,于是她们只求娇憨,不敢多动脑筋,结果果然红颜了以后,薄命也就不可避免,这是美人不能思想之误。

美人不能思想,不肯学习,心地便狭隘,胸襟便龌龊起来。自己不肯努力向上,只希望有个现成的阔佬来提拔提拔她,于是见了君王眼红,见了卿相眼红,见了英雄眼红,见了才子眼红,仿佛只要一做这些人的妾,便可身价百倍,较旧日侪辈而有余了,于是你也竞争,我也竞争,大家抢夺良人,一人得意,万人伤心,红颜薄命的故事更层出不穷了。这可真真便宜了男人,美中择美,少里挑少,此往彼来,一直快活到死。有时还可三妻四妾,兼收并蓄。现在虽说盛行一夫一妻制,但红颜女子想嫁部长、经理之类的还是太多,有财有势的男子与年轻美貌的女子结合,是最最普通的事,也是最最危险的事。盖有财有势的男子大都老奸巨猾,而年轻美貌的女子又多无学无识,其不上当,安可得乎?此红颜所以更多薄命机会也。

至于薄命者若非红颜,便无人说起或说起而无人同情一节,这颇使我愤愤不平。也许我就是这么一个碌碌庸人吧,我只知道敬佩无名英雄,也同情另一批不红颜而薄命,而且比红颜而薄命者更苦上万分的女人。譬如说天宝遗事吧,杨贵妃死了,多少人同情她,为她作诗、作戏曲、做文章,因为她美得很哪。其实她生前既淫乐骄奢,死后太上皇还一直惦记着她,遣方士觅取她的阴魂,也算够哀荣的了,比起长门镇日无梳洗的梅妃来,不是已幸福得多吗?不过梅妃也相当漂亮,惊鸿舞罢,光照四座,因此也有人为她的失宠而洒下一掬同情之泪,比起那倒霉的皇后以及白头宫女辈来也不知多幸福几许了,那些非红颜的女人在平时既无人怜爱,赐一斛珍珠慰她们寂寥,乱时又无人保护,死者死,剩下来的也只有继续度凄凉岁月到老死罢了,这还不是更薄命吗?

老实说,历史家常是最势利的,批评女人的是非曲直总跟美貌而走。一个漂亮的女人做了人家小老婆,便觉得独宿就该可怜,如冯小青般,双栖便该祝福,若柳如是然,全不问这两家大老婆的喜怒哀乐如何。但假如这家的大老婆生得美丽,而小老婆比不上她的话,则怜悯或祝福又该移到她们身上去了。难道不漂亮的女人薄命都活该,唯有红颜薄命,才值得一说再说、大书特书吗?

戏剧家看穿这层道理,因此悲剧的主角总拣美丽动人的女子来当,始能骗取观众的同情,赚得他们不少眼泪。譬如说,剧情是一个男人弃了太太,另找情人,太太自杀了,那个饰太太的演员便该比饰情人的演员漂亮得多。于是在她自杀之后,观众才会纷纷叹息说:“多可怜哪!红颜薄命。”若是饰太太的演员太难看了呢?则观众心理便要改变,轻嘴薄舌的人们也许会说:“这个黄脸婆若换了我,也是不要的,死了倒干净。”那时这出戏便不是悲剧,而是悲喜剧了,主角是那个情人,她的恋爱几经波折,终于除去障碍,与男主角有情人成为眷属了。

美的力量呀！无怪成千成万的女子不惜冒薄命之万险而唯求成红颜之美名，及至红颜老去，才又追悔不及了。男子也有美丑，但因其与祸福无大关系，故求美之心也就远不如女子之切。女子为了求美，不惜牺牲一切，到头来总像水中捞月，分明在握，却又从手中流出去了。时间犹如流水，外形美犹如水中月影，不要说任何女人不能把它抓住捏牢，就是真个掬水月在手，在手的也不过是一个空影呀！至于真正的月亮，那好比一个人的人格美、内心美，若能使之皎洁，便当射出永久的光辉。红颜女子不一定薄命，红颜而无知，才像水中捞月，随时有失足堕水，惨遭灭顶之虞呀。

（原载1943年7月1日《古今》第26期）

谈 做 官

官,我是向来不大留意它的,近来因为接触较多,也就觉得有兴趣起来了,兹姑就见闻所及,约略谈谈吧。

做官究竟开心不开心?我不知道。不过照目下这许多人都想谋着做这点看来,应该总是很有味儿的吧。但这味儿究竟在什么地方?我可又不知道了。照我看来,愈是做大官的人,便愈应该感到寂寞。早晨他的汽车到了,肃静回避,宽阔的道上除了几个武装卫兵之外,什么人影儿也不见,情景该是怪凄凉的。进了办公室,又是孤零零地坐下,与他做伴的只有案头堆积如山的文件,一张张、一本本,都得批阅下去。有时候看公文看得眼也花了,签字签得手也酸了,没有人给他一点安慰,也没有人进来听他一声诉苦。他的客人虽然很多,但绝没有一个客人是他的朋友——即使从前是朋友,现在也就不成其为朋友了——能够了解他的内心的寂寞的。这些客人也许是因公来见的,也许是为私来见的,也许是借公行私来见他的,各人心中都有一个或一个以上的目标,都是为自己或自己的事情成功着想,绝没有一个人是为着他、为着他的事情而想的。

多寂寞呀,高高在上的做大官的人!

也许有人说,那是限于办公室内,公事完毕以后,他的私生活开始了,总该有些调剂吧。我以为凡是一个做大官的人,即使出了办公室,还是没有真朋友的。真正的朋友应该彼此志趣相投,丝毫不存利用的心理,现在两人的阶级不同了,欲自忘其阶级也很难,因此一个上司若想同下属讲友谊,便很容易给下属利用而造成那人幸进的机会,一个下属若想同上司讲友谊,也很容易给上司误会而认作奉承拍马的表示,这又是多么痛心的事哪!即使你们两个都能够互相了解,但是别人却不会了解你们,由羡慕而嫉妒而挑拨离间起来,友谊也会给中伤的。目前离人类真正自由平等的时期还很远,就是同在一张牌桌旁,心里仍不免有上下尊卑之分,玩得不尽兴,讲得不放肆,说不定还想靠一张七索或八万之力,做升官谋差使的捷径呢。

一个做大官的人,不唯没有朋友,而且没有爱人。一个真正想讲爱情的女子绝不会把做官的人看作对象,他的事情这样忙,行动这样不自由,都是恋爱过程中的致命伤。春天里蝴蝶儿蹁跹了,他在忙着接见宾客;秋夜月光如水般泻下来,他已疲倦得沉沉入睡了,你还能同他讲些什么呢?况且一个人等因奉此看得多了,写情书就不免难于下笔;同局长处长们天天会谈,敷衍的笑容也就惯挂在嘴角上,这时候要表现他真正的心与爱情，恐怕不是件容易的事吧。所以我相信世界上绝没有多少女子会真的爱上一个做大官的人，说是爱，爱的定是他的金钱与权势。除了金钱与权势之外，她若真的会爱上他，那么她定是世界上最痴心的人，因为她将因此而牺牲自己的全部青春与快乐。由此看来，一个做大官的人不唯很难得到真正的爱人，就是已有的爱人，也恐怕因为官做得大了之后，很有失去她的心的可能呢。

没有朋友，没有爱人，那么他总该有个家庭可以给他安慰吧，然而也不。盖一个做官的人总是太忙，而同时他的太太却嫌太闲。太闲了不是生事，便是生病，有时候两者还互为因果，因多事而致病，病了以后就更加多事。至于官少爷官小姐呢，他们是正事太少而闲事太多，外面有的是趋奉的人，嫌爷娘絮聒，反而不乐与之亲近了。所以显贵人家反而容易骨肉生疏，甚至反目成仇，大家乌眼鸡似的，你容不下我，我容不下你。而且感情破裂以后，对外还得顾全体面，大家虚情假意地装出一种模范家庭的样子来，借以瞒人耳目，其实心中直如哑子吃黄连，有说不出之苦。

一个做大官的人真像独夫一般，那么，只有自寻其乐了，然而也不可能。第一他是根本缺少空闲工夫，第二恐怕出来遭遇意外，第三给人瞧见了可是要惹骂的。跳舞场、咖啡馆不敢去也罢了，电影、话剧乃高尚娱乐，但是阔人一到，众目睽睽，坐在包厢里也就难过得很。其他如游泳啦、逛公园啦、看跑狗啦、在霞飞路溜达溜达啦，都不是做大官的人们能梦想到的。前面汽车一动，后面就是一大车卫兵跟着而来，说是保护，其实保护的功效尚少,而监视的难过倒是难过得很。这种难过,也许做惯了大官的人不会觉得吧——是他的事情太忙无暇思及呢,还是灵魂已上了莓苔,意思不及此了?

“嫦娥应悔偷灵药,碧海青天夜夜心。”一个人若是做了大官,便得忍受难堪的寂寞呀!

然而小官却不然了。一室之内,五六张写字台子,面对面,背对背,回过头来四处可以谈话。林主任今天换了一条领带,大家可以取笑;张科长胡子忽然剃掉了,也是同事间背后谈论的资料。尤其是这地方有个把漂亮的女职员,芳踪到处,满室生春,科长主任等尊严全失,上下也就打成一片了。

在我做事的机关中,有许多女同事都是很漂亮的。而且美人又爱浓妆,臂上金钏,胸前金锁片,手指头上钻戒哩、宝戒哩、白金戒哩,戴得累累都是。当我第一天骤睹之下,我还认为她们是吃过喜酒刚回来的,后来天天如此,而且饰物还在调换,这才使我不得不惊奇她们的阔绰。我想,她们在这里的收入应该很好吧,不料经打听的结果,月薪连津贴统共不过才五六百元,除来回车资及午膳费外,所余大概仅够供她们烫头发修指甲之用了。于是我猜想她们大概是小姐太太之类,为了对“事业”有兴趣,才到这里来“服务”的,这可更使我敬佩不置。

还有一点值得谈起的,便是女人很少热衷于升官发财。她们在这里大概都是科员、书记、接线生之类,但是她们很少做着主任、科长或什么长之梦的。她们的工作都很轻便,但是她们也很少想着同人家争什么权利。她们平日大概只有一个念头,便是在衣服饰物方面能与别人争一短长。虽然在做官的人的心中,上司下属之界限极严,但他们对于女职员,却绝不会因委任荐任而有所分别。即使有分别,其标准还在于年龄面貌衣服饰物之间,与官职官俸是绝无关系的。我相信在任何女职员的心中,绝不会感到上司之尊严而想起自己对之称“职”的屈辱,相反地,若是人家对她称“职”的人多了,她的机会便要减少。

女子不能自忘其为女子,对于做官便不发生兴趣,只有对于做官太太才发生兴趣呢。因此一个女职员常爱打听长官私事,有时候觉得直接问人不好意思,只好绕个大弯子来探得情报。她们所最注意的对象,大概属于科长阶层,因为再以上的“长”,便自有其独人办公室,不肯轻易过来与众共处,女职员大抵都是小职员,对于这类以上的长可以说是入宫不见君王面。即使偶然邂逅着了,你认识他,他不认识你也无可奈何,因此不敢有涉遐想。唯有科长却是日处一室中的,见他待人严而待已特宽,感恩怀德,自然容易倾心的了。不过在这里也常有误会存在,因为待女子客气原是一种普通礼貌,而身受者若竟认为别有用意,于是闹出笑话来,那可不是玩的。

男女的事谈得太多,现在仍旧谈做官吧。官的种类可分为二:一是做文的官。一是做事的官,做事的官大抵有权,有权常有利,他们因此就很得意。不过我们却也眼热不来,粮食、税捐、财政、经济、公用、卫生、教育、土地……哪一件内行,哪一件办得来乎?因此我们若要做官,还是只能选择前者,那就是说做做公文的官。

说起公文,那真是一个谜。起初我以为很困难,学了不久,便觉得容易了;后来又感到并不容易,现在却敢说真是容易得很了。起初我以为困难,是因为不懂公文程式;看看之后,等因奉此便明白了,那好比填表,有格式的当然要比没有格式的便当得多,所以便觉得容易了。但是后来怎么又感到并不容易了呢?那是内容问题。譬如说,我的职务是核签工作报告,他们送来的工作报告大抵总是做得很详细、很有条理的,如七月份收到公文几件哩、发出公文几件哩,都有统计;委任几人哩、免职几人哩,都有理由;承上命而做的事若干哩、吩咐所属机关所做的事若干哩、自动发起去做的事若干哩,都有说明并注出已未办竣,看来很清楚,但仔细一想却不容易明白:因为报告是他们"写"的,是否如此"做",却不得而知。报告书上写着收到公文若干件,我未寓目;发出公文若干件,也未附有回单之类;其数目确否已是无从查考的了;至于委免理由是否诚如所说,所做工作究竟效果如何,更是他们自说自话,叫我如何相信得来?那时我就感到并不容易了。况且有许多处署所做的事情我根本不知道,是应做,是不应做,是多做,是少做,是做得好,是做得不好,我完全不懂。核过一遍,做签呈无从下笔,心想这该是退位让贤的时候了,但是午饭时间一到,肚里咕噜咕噜起来,才知道工作可以让贤,饭碗却是万万不能让贤的,还是勉强思索思索吧。不料经过若干时思索之后,我便恍然大悟起来了,我的

天,世上还有比这个更容易的事吗?那便是:

我上面已经说过,做官有两种:一种是做文的官,一种是做事的官。我是做文的官,责任在于纸张之上、文字之间,与事绝对不相关的。我的责任是看报告,只要它的纸张完整,文字无讹便算完了,其与事实是否相符,却又干我屁事?我要干也无从干起哪!于是我便高高兴兴地做了八字签呈,说是"核尚详尽,拟准备案",果然上面批下来是"如拟"两字,一件公事便算完了。以后我看这类报告,签呈总是用此八字,上面总也一定如拟的。八对二了结一件公事,在我虽不免多写几字,但想起那个做报告书的朋友,洋洋数千言,写得汗流浃背,那可比我要辛苦得多了,一样都是做文的官哪,我觉得比上不足,比下有余,心中也就处之泰然了。

公文对于政治上的弊害,第一便是养成笼统观念。上面所用的"尚"字、"拟"字,都是官样文章,其实像这样详尽的报告书——就其本身而言——当然应该说是甚详而准其备案的,又何必含糊其辞曰"尚"?又何必不负责任地估"拟"一下?

至于第二个弊害,便是养成阶级的尊卑观念了。一件甚大的事,本来只要向上司问一声就可算的,偏要一呈一批,东核稿,西盖印,忙得不亦乐乎。如此一来,官之尊严虽因而维持,但事情之办不好与办不速,也往往由此而起。况且所谓核稿诸君,常爱偏重文字着想,因辞害意,细故挑剔,做文之官之卖弄权力处在此,做事之官之头痛处亦在此。照我看来,最好公文先能改革一下,把做文之官统统革掉,让做事的官自己来起草公文,写得明白,写得确实,敬语不必太多,废话只需省掉,于是另一个做事的官(上司)便可阅来简便,批答详尽,做官只需做事而不必做文,事情便要好办得多了。至于它的损失,无非是长官少些威风,“钧鉴”、“钧核”,什么事情都要签请钧示,他的权力看似高极大极了,但一个人高高在上忍受无边的内心寂寞,恐也不见得十分好受吧。更何况底下这许多称职的人都觉得“大丈夫不当如此耶”!而想“取而代之”起来,也就不是几个卫兵之力所能保护得了的。

官场如战场,我希望将来能够提倡女子做官,一定要比较清净得多。

(原载1943年8月16日《古今》第29期)

论言语不通

“滥兮抃草滥予昌枑泽予昌州州𩜱州焉乎秦胥胥缦予乎昭澶秦逾渗惿随河湖。”

看官们,有人知道这一段东西的意义不?这是一首越人的歌辞,见刘向《说苑·善说篇》,乃是用古时方言记录下来的,据说翻译出来应该是这样:

今夕何夕兮搴舟中流;
今日何日兮得与王子同舟。
蒙羞被好兮不訾诟耻;
心几顽而不绝兮得知王子。
山有木兮木有枝,
心悦君兮君不知!

看了译文,才从恍然里攒出个大悟来,言语不通真是件无可奈何的事。不要说古今中外的方言各别、口音悬殊,就是今人与今人,中国人与中国人之间,也常常是“我伲”、“阿拉”缠不清楚,粤音吴语讲不通的。

笔者是个最没有言语天才的人,游苏三月,留杭半载,旅京两年有余,在上海居住足足有八个年头儿了,但始终乡音未改,一口宁波话。朋友们都劝我何不学学国语,我自己也就下个决心,想把普通话练习好来,但是念不到三天,我马上便后悔了,学会了国语有什么用?言语不通自有言语不通的好处。

第一,言语不通就不会得罪人。这又可分开两方面来讲:一方面是因为你自己说不通就不爱多说,不多说便不会多错;他方面是即使你说错了人家也听不懂,即使听懂了也会因彼此言语不同而原谅你。在战事发生以前,我常常住在北四川路一带,房东不是广东人,便是白俄人,我与她们一句言语也讲不通,但是一点也不会发生误会或争执。每天早晨我出去到图书馆里看书的时候,路经厨房,她们正在舀水洗脸,见了我总是捧盆微笑,我也点头算是招呼,这样“早安”便通过了。中午我的肚子饿了回来,她们正在煎鱼烧菜,有几碗热腾腾的东西已经放在桌子上了,她们见了我便指着碗,像在请我尝一些似的,我摇摇头,笑着挟书进去,笃笃跑上楼梯,交际礼节也就完毕。我同她们永远不会吵嘴,即使我拍她们一下,她们也以为宁波人表示亲热理合动手,绝不见怪。而她们呢?就是当面称我“死猪”，我也当作在喊我“小姐”呢，绝不会想到是骂人上头去。这样彼此原谅，大家都从好方面想，还会有什么事情发生吗？

第二，言语不通，照样也可以达意。在电影盛行默片时代，张张嘴，眏眏眼睛，诸般动作，都可以代替言语。虽说有许多地方全仗字幕帮助，但譬如演哑剧，没有字幕，不也能使人看得懂，而且能够受感动吗？假如我们在路上行走，骤然瞧见一个银发玄裳的老婆婆跌了，于是我们赶紧跑过去把她扶起，请她在路旁住宅的石阶上坐一会儿，替她拍去衣角的灰尘，问她可曾闪了腰没有，那时即使她是北人而我们全操南音，我相信她也能够懂得我们的意思。于是她便翕动着干瘪的嘴唇，用水汪汪红眼睑的眼睛望着我们，一面巍颤颤站了起来，算是道谢，又是告辞。我们尽可以彼此不交谈一句话，或者喃喃自说自地全不管对方懂不懂，但是我们能够互相了解意思，言语不通又有什么关系呢？

第三，若是言语不通的两个人发生恋爱起来，倒应当可以说是“情之正宗”。因为我对于恋爱的见解，总以为是“心心相印”、“脉脉含情”来得深切而且动人，否则若只一味讲究“谈”情“说”爱，用嘴的动作来代替眼的表情，实在索然无味而且易流于虚伪。譬如我们在古诗里所读到的那首：“碧玉破瓜时，甘为郎颠倒；感郎不羞郎，回身就郎抱。”由末两句推想起来，在回身就郎抱之间，一定用剪水双眸凝视郎面，因为她那时已不羞郎，用不着眼睛看别处，扳她也不肯回转身子来了，但也绝不会在郎的耳边絮聒，口口声声说“我爱你呀，我爱你！”或者赌神罚咒，道是即使你此刻给电车轧死了我也决不嫁人等等。只有琏二爷同鲍二家的苟合之时,才会浪声浪气,乱扯瞎谈,令人闻之作三日呕,此乃情之下品矣。所以言语不通,在情侣看来只有增加神秘及诱惑力,绝无妨于轻怜蜜爱,此所谓“花如解语还多事,石不能言最可人”。言而不能达意,必不愿言,故情侣应以言语不通者为原则。

以上所说,乃是理论,也许有人听了不相信,现在我再来谈谈事实与经验吧。当我在大学念书的时候,有一位湖南女同学,与我很要好。我们两个住在一间寝室里,同进同出,一块儿吃饭,一块儿看书,但是整月说不上十来句话,而且说得简单异常。譬如说,我从门房里拿了封信进来,她瞥见便问:

“信?”她说着指我手中的东西。

“嗯。”我点头。

“谁的?”她来看信封上面所写的收信人姓名了,不知是我的还是她的。

“我的。”我指着自己的名字给她瞧。

她默然半晌,走开,一会儿又上前来瞧信封上发信人的地址了,一面问:

“你妈妈写的?”

“嗯。”我把信递过去给她一同瞧。

有时候她回来得迟了,我正在吃饭,于是我指着饭碗问:“嗯?”(意思是问她“吃过了?”)

“唔。”她回答。

或者她摇摇头:“哼!”(意思说“没有”。)

这样同住了两年多,大家能用顶简单的句子达意,也能用没有句子而光是发音的字眼达意,而其大部分还是一声不响,大家互相看眼色行事,此即所谓“眉语”,你的眉毛一动,我便知道你在想什么或要什么了,我们的感情很好,丝毫没有龃龉。

还有我的孩子,他根本不会说话,但是我知道他的意思。怎么样子他是饿了,怎么样子是要撒尿屎了,怎么样子他是感到痒或痛,别人不知道,我都看得出来。尤其使我奇怪的,是他竟也能够懂我,怎么样子我是允许,怎么样子我是不允许,我没说一句话,但他全懂得。假如我露出不允许的样子,他哭了。

还有一种爱情的电流,也是不可思议的东西。譬如说一个年轻的姑娘正在静静观剧的时候,有一个不相识的青年在她的侧面或脑后对她通射电流过来了,不自觉地,她会感到他的电力,她只觉得自己的面颊或后颈麻辣辣地有异样感觉,于是她渐渐转过头去——绝不会弄错方向——两道电流交错了,不是折回,便是合流。当然啰,那时候他们是谁也不会向谁哼一声什么的,但是她知道他不怀好意,他也知道她并没有什么恼着或拒绝自己的意思。

记得从前不知道在什么地方曾见过这么两句话,便是“满座兮佳人,独与予兮目成”。在满座是人的时候,若非目成,要用言语来谈成是不可能的。一个人往往在朋友面前可以滔滔不绝,妙语如珠,但见了爱人却一句话也说不出来,浑身透着异样的感觉。而且不但不会说,连见面都有些怕见,此所谓“为郎憔悴却羞郎”,正是此种心曲。

我平素不喜欢多说话,与众聚坐的时候,我总是默默聆取他人的议论。我也觉得言语顶容易惹祸,假如你说好,则说人家好便是拍马,说自己好便是吹牛,都要惹人看轻;假如说坏吧,则又说自己坏未免是违心之论,说了人家坏更加要当心吃不了兜着走也。故孔子三针金人之口曰“毋多言”,可见得言语不通正是远祸之正道,我又何必费时费力去学捞什子国语,自找麻烦,自寻苦吃呢?

(原载1943年10月10日《天地》创刊号)

好色与吃醋

好色性也,吃醋亦性也;第一个"性也"似乎多指男子而言,下面那个"性也"就与女人的关系来得密切了。于是,丈夫之应加管束之理由在此,老婆之愈觉可厌之原因亦在此,这两个"性也"似乎大有讨论的价值。

我曾见过许多婚后的男子在咒诅结婚,说是自己被太太管束得一些自由也没有了,今天换上一套西装,就硬派你是去赴密约,明天在电车上同一个陌生女人并坐了二三分钟,便瞎说你是有心揩油,弄得一天到晚得战战兢兢,唯恐稍有语及嫌疑之处。万一偶然不小心,在闲谈中间漏出一句关于女人的话来,那就得洗耳恭听噜苏,还要口中连声谢罪,最后就是陪她去看一趟电影或买些东西。这样每天在精神上、事业上、经济上所受的损失真不知有多少哩。"结婚真是得不偿失啊!"已婚的男子都在恨恨咒诅着。

我也曾见过许多已嫁的女子在咒诅结婚,说是自己丈夫变了心,每天回家时不是指责饭菜不合口,就是埋怨房中什物没有整理得好;就是在高兴的时候,也不过在地板上划划华尔兹,或是说些什么:"某舞女的迷人本领真不错呀!""某明星最肉感。""喂,你看甲小姐与乙小姐究竟谁生得好些?"好像这样说说也是够兴奋的。及见妻子的脸色变了,他也就怫然起来:"我对她们又没有什么野心,说着开心又有什么关系呢?"那时妻子也就不甘示弱:"你对她们既没有野心,说着又有什么开心呢?——况且,你既不去舞场,怎么知道谁肉感谁会灌迷汤?"变了!变了!丈夫已不称赞自己而在称赞别个女人,不留意自己而在留意别个女人了。去找职业谋自立吧,天下哪有比少奶奶更闲适的职业?就是找到了还不是花瓶之类?"结婚葬送了女子的幸福哟!"已嫁的女子都在家庭中烦恼着。

世界上确有许多男子在为了妻子的善于吃醋而烦闷着,世界上也确有许多女人在为了丈夫的过于好色而苦恼着。这样看来,似乎那两个"性也"都是罪大恶极,万万要不得的东西了,然而在事实上也还有个差别:昔齐桓公好色,管仲云无害于霸;舜为圣君,也有两个美人做伴;其余的例子更是不胜枚举,因此可见男人要拣几个有"色"的女子来"好"一下,对于自己的地位身份仍可丝毫不受影响:君子还是君子,圣人还是圣人,英雄也仍旧不失为英雄;人们不但不会攻击他,甚至于还要引为美议。但是女人的吃醋呢?却是万万不能与之相提并论了,妒为七出之一,固是圣人定下来的条文,就是实行时给你一个"法外施恩",文人的笔墨真也是怪可怕的,如隋文帝的独孤后,如陈季常的太太,以及许多历史上的妒行故事,听起来总觉得怪刺耳的。现在虽说时代的巨轮,已不断在推进了,“妒乃妇人美德论”等高调居然也有人哼哼,可是在“社交公开”的招牌下,吃醋虽不构成刑法第×条的“出”罪,听起来总也觉得不大漂亮。丈夫右手紧搂着舞女的纤腰是艺术,就是常常跑到×花×后处去也是正常交际。“我们完全是友谊呀!”你有什么方法可以反对他?况且你不曾带得若干万陪嫁钱来,叫丈夫不交际,便是妨害他的事业;妨害了他的事业,你与孩子就非挨饿不可了。

于是,有许多太太们恼了起来,索性连醋也不高兴吃了,就以其人之道还治其人之身,你可以社交公开,我就不可以公开社交吗?这次可轮到你去担任吃醋工作了。可是这种愚笨的报复法只能使男子们冷笑。点缀着夜之街头的是神女还是神男?排列在舞池周围的是舞女还是舞男?以色相、性感吸引观众的是女人还是男人?……一个七十多岁的老头儿尽可搂着十六七岁的姑娘跳舞、接吻、睡觉,而女人到了三四十岁已是人老珠黄,难于找对象了。好色吗?只得眼看着男人专利。

就是吃醋,也还得让男人来干:据说从前妇女与人通奸给丈夫捉住了尽可一刀送命,再不然休了出去总是没有话说。但男人却正与女人相反,做开眼乌龟不但不是美德,而是顶倒霉的事。唐中宗为韦后点筹,千古引为笑谈,由此可见,男人吃醋是必须的。就是在现在 Ladies First① 时代,男

---

① 英文:女士优先。

人要吃醋也很便当,社会的舆论肯替他帮忙,而且他只要断绝了你的经济供给就可置你死命。故今日男子之所以不曾以善吃醋称者,也无非是因为妻子大都关在家里,能使他们吃醋的机会很少,因此就得了这个“不虞之誉”。

总之,目前的情形是女人很少机会好色,也不能让你尽量吃醋;而男子则要“也”就可“好”,欲“醋”就可“吃”。

记得唐朝有一位武则天皇后——也就是大周的金轮皇帝——既会因好色而广选面首,也会因吃醋而把面首视作禁脔,不许他与别的女子接近,这倒算是创千古未有的例了。可见好色与吃醋也要讲资格的。奉劝资格不足的女士们,还是尽管让你们的男子去好色妨害他们的事业吧!不要因吃醋而放弃了自己的责任,这样不久以后,好色与吃醋权利的享受者,怕要转移过来了,而社会上原有的道德标准,也将随之而变更。

(原载 1943 年 10 月《杂志》)

谈　女　人

许多男子都瞧不起女人，以为女人的智慧较差，因此只合玩玩而已；殊不知正当他自以为在玩她的时候，事实上却早已给她玩弄去了。没有一件桃色事件不是先由女人起意，或是由女人在临时予以承认的。世界上很少会有真正强奸的事件，所以发生者，无非是女人事后反悔了，利用法律规定，如此说说而已。

女人所说的话，恐怕难以可靠，因为虚伪是女人的本色。一个女人若不知虚伪，便将为人所不齿，甚而至于无以自存了。譬如说：性欲是人人有的，但是女人就绝不肯承认；若是有一个女人敢自己承认，那给人家听起来还成什么话？

又如在装饰方面，女人知道用粉扑似的假乳房去填塞胸部，用硬绷绷的紧宽带去束细腰部，外面再加上一袭美丽的，适合假装过后的胸腹部尺寸的衣服来掩饰一切，这是女人的聪明处。愚笨的女人只知道暴露自己肉体的弱点,让两条满是牛痘疤的手臂露在外面,而且还要袒胸,不是显得头颈太粗,便是让人家瞧见皱缩枯干的皮肤了,真是糟糕!

女人是神秘的!神秘在什么地方,一半在假正经,一半在假不正经。譬如说:女人都喜欢坏的男人,但表面上却佯嗔他太不老实,那时候男子若真个奉命唯谨地老实起来了,女子却又大失所望,神色马上就不愉快起来,于是男人捉摸不定她的心思,以为女人真是变幻莫测了,其实这是他自己愚蠢,又如以卖色情为职业的女人,却又不得不用过分的淫词荡态去挑拨男子,男子若以为这类女人真的有绝大刺激,这也是错误的。

有人说:女人要算堂子里的姑娘最规矩了,这话也有一部分理由。性的欲望是容易满足的,刺激过度了反而感到麻木,因此一个下流女人所企求的除钱以外其实还是精神安慰。而上流女人呢?饱暖则思,思亦不得结果,盖拉“夫”固所不能,送上门来又往往恐怕醉翁之意不在也。

这里又该说到婚姻问题了,女人与男人不同:男人是地位愈高,学问愈好,金钱愈多,则娶亲的机会也与此等成正比例;而女人却必须成反比例。因为在性的方面,男人比女人忠实,男人只爱女人的青春美貌,而与其他的一切无关。

美貌是天生的,青春是短促的,不能靠人的努力去获得,甚至于愈努力愈糟糕,结果女人是吃亏了。女人只能听命于天,但天也并未完全让女人受痛苦,唯一补救的办法,就是予她们以孩子。她们有了孩子,爱便有了着落,即遇种种缺陷与失望,也能勇敢地生活下去。没有孩子的女人是可怜的,失去孩子的女人是凄惨的,但是失去总比从来没有过的好一些,因为前者还有甜蜜的回忆与渺茫的期待。

我不懂为什么许多女子会肯因讨好男人而自服药或动手术消灭自己生育的机能,女子不大可能爱男人,她们只能爱着男子遗下的最微细的一个细胞——精子,利用它,她们于是造成了可爱的孩子,永远安慰她们的寂寞,永远填补她们的空虚,永远给予她们以生命之火。

女子不能爱男人,因为男人很少是忠实的,她们总必会恨他们。女人的爱情太缠绵。最初的缠绵会使男子留恋,愈到后来便愈使他们感到腻烦与厌恨了。因此许多女人都是歇斯底里的,终日在家里疑神疑鬼的,觉得丈夫一出门便是同别个女人去胡调,回来得稍晚又疑心他会做下不正当的事。一方面心里恨他,一方面又放心不下他,甚而至于觉得每一个来访的女客都是引诱她男人来的。而男客则又有引诱她丈夫出去为非作歹的嫌疑。男人受不住这些麻烦与吵闹,终于不理她了,她便赶紧闹离婚,这便大概是虚荣心作祟,以为被遗弃乃可耻的事。这种歇斯底里症要等男人真的跑开了才能渐渐复原,因为女人此刻反死心塌地,横竖没有男人,便不怕别人侵夺我的,而只有我去侵夺别人的了。

失恋的女人,同残废者心理一般,因缺陷而发生变态心理。瞎子拧起孩子来特别凶,即此一例。而拿破仑的好勇斗狠,也许与他的浑身生癣有关。一个痛苦着的女人更加容易妒恨别人幸福,据一位绍兴老太太告诉我说:她的故乡有一个中年寡妇,每逢族中有男子归家时,她必涂脂抹粉,打扮得妖精似的在那家穿进穿出;到了夜里,又到人家窗外去偷听;听之不够,还要把窗纸舐个小洞,以便窥视。于是在窗外站得久了,愈听愈难过,只得自回家去,穿起白衣白裙,披头散发,在房中焚香跪拜,口口声声咒骂神道太不公平,别人家女人分明轻狂,却仍让她夫妇团聚,像我这样从来没做过恶事的,却要鸳鸯拆开。一面诉说,一面叩头如捣蒜,直到天明,额上乌青一大块都是了。

还有一种老处女,她们的变态心理是别人都知道的,但她们自己却不知道。这不知道的原因,是她们听了别人虚伪的宣传,以为性爱是猥亵的,而自己则是纯洁非凡。殊不知饮食男女,人之大欲存焉,天然的趋势绝非人力所能挽回,据说从前有一个小和尚跟着师父下山来,见了女人就忍不住连连回头看,师父告诉他这是吃人的老虎,后来回到山上,师父又问他一路中究竟什么东西最可爱,他便不假思索地回答道:是吃人的老虎最可爱。可见得一个处女过了发育期还口口声声说抱独身主义,或者是一个妇人把养六个孩子的事实说此乃出于不得已,都是自欺欺人的天大谎语。

无理地责难佣仆,与过分地溺爱儿童,都是变态心理之一种。扭扭捏捏得出乎常情也可说属于此类。一个善于脸红的女子并不是因为正经,也许她的心里更加迫切需要,而脸上表情就不免讪讪地。同时非常明朗化的女子也并不见得因为她的脾气如同男人,也许她是有欲望的,她想缩短男女间距离,而得容易同男人接近。

女人不能向男人直接求爱,这是女子的最大吃亏处:从此女人须费更多的心计去引诱男人,这种心计若用在别的攒谋上,便可升官;用在别的盘算上,便可发财;用在别的侦探上,便可做特务工作;用在别的设计上,便可成美术专家……可惜的是,这些心计都浪费了。因为聪明的男人逃避,而愚笨的男人不懂。有些聪明的女子真是聪明得令人可畏,她们知道男人多是懦怯的、下流的、没有更多欲望的,于是她们不愿多花心血去取得他们庸俗的身心,她们寂寞了。懂得寂寞的女人,便是懂得艺术;但是艺术不能填塞她们的空虚,到了后来,她们要想复原还俗也不可能。

我知道上流女人是痛苦的,因为男子只对她们尊敬,尊敬有什么用?要是卖淫而能够自由取舍对象的话,这在上流女人的心目中,也许倒认为是一种最能够胜任而且愉快的职业。

有卖淫制度存在,对于女人是一种重大的威胁。从此男人可以逃避、藐视,以及忽略女人正当的爱情,终于使女人一律贬了身价,把自己当作商品看待,虽然在交易时有明价与黑市之别。上等女人一经大户选定便如永不出笼的囤货,下等女人则一再转手,虽能各尽其功用,但总嫌被浪费得太厉害,很快就破旧了。青春只是一刹那的光辉,在火焰奇丽时在受人欣赏而自己不懂得光荣快乐,转瞬间火力衰歇,女人也懂得事了,但已势不能猛燃,要想大出风头也做不成了。因此刚届中年的女人往往有一次绝艳惊人的回光返照,那是她不吝惜把三倍的生命力来换取一度光辉,之后,她便凄惨地熄灭下去了。

有人说:女人有母性与娼妇两型,我们究竟学母性型好呢,还是怎么样?我敢说世界上没有一个女人不想永久学娼妇型的,但是结果不可能,只好变成母性型了。在无可奈何时,孩子是女人最后的安慰,也是最大的安慰。

为女人打算,最合理想的生活,应该是:婚姻取消,同居自由,生出孩子来则归母亲抚养,而由国家津贴费用。倘这孩子尚有外祖母在,则外婆养外孙该是更加合适的了。

(原载1944年3月10日《天地》第6期)

我国的女子教育

我是个受过高等教育的女子,我知道我国的女子教育是怎么一回事。严格地说来,我国根本没有所谓女子教育;学校里一切设施都是为男生而设,不是为女生而设的。这在男女同学的学校不必说了,就是专收女生的女子中学、女子大学,它们的课程等等还不是完全跟男校或男女同学的学校一样吗?但是一般自命为新女子的还高兴得很,以为这是男女平等。

从前我也曾高兴过,现在却有些怀疑起来了:男生能够受他们所需要的男子教育,女生也能够受她们所需要的女子教育,这才叫作平等呢,还是女生跟着男生一样受男子教育,便算是平等了?

男生每周五六小时的国文课,我们当然也跟着上。但是国文教材是什么呢?第一类是古文,说的都是从前男人社会的事,如大臣被贬思君啦、将军沙场苦战啦、名士月夜狂饮啦,清高的人辞官回来,与妻妾儿女僮仆辈叙叙家常、玩玩山水啦……这类事情有趣情敢是有趣,意义也不错,就是与我们没有什么切肤之感。其他如经书之类,做的人当然是男人不必说了,其间即使偶然有一两个女作家,如曹大家之类,她们也是代男人立言的。但这也无足深怪,因为她们读的是男人的书,用的根本是男人所创造的文字呀,置身在从前的男人社会中,女子是无法说出她们自己所要说的话的。至于第二类所谓新文学作品呢?对不住得很,也还是男人写给男人们看的,因为现在仍旧是男人的社会呀。虽然他们也谈到妇女问题,提倡男女平等,替我们要求什么独立啦、自由啦,但代想代说的话能否完全符合我们心底的要求,那可又是一件事了。所以我敢说,读这类文章读出来的女生,她们在思想上一定仍旧是男人的附庸。她们心中的是非标准紧跟着男人跑,不敢想男人们所不想的,也不敢不想男人们所想的,什么都没有自己的主意。所以我对于一个女作家写的什么"男女平等呀!一起上疆场呀!"就没有好感,要是她们肯老实谈谈月经期内行军的苦处,听来倒是入情入理的。

说到数理,更是浪费女生精神的东西,有时候苦思过度了,还戕害她们的身体呢!我是普通中学毕业出来的,读过大小代数、三角、平面几何、立体几何、解析几何等等,为了它们真不知吃过多少苦头。到如今虽是八九年不与它们见面了,但平时只要稍感到吃力,晚上做梦便会做着考数学的。我知道大学里面有许多工程系女生不能够读,即使她们为着好胜一定要读,那就读了也没有用。这样说来,我们还苦苦地陪着男人念数学干吗?

在学校里,其他不必需的课程,还有许多许多,但是女生一一都得学。其实呢,女人的青春时期短得很,在十岁到二十几岁记忆力顶好的时候,被杂乱无章的功课浪费尽了精力,到了二十开外,记忆力衰退了,再学自己所想学而且应该学的东西,已是事倍功半。所以目前教育界有一种现象,便是小学里女生功课比男生好;中学里不相上下,但已是男生占优势;进了大学,便绝对赶不上男生了。这现象可有两种解释:一说是女生智慧早熟早衰,过了短短的几年青春期,便不行了。一说是小学时代学生年龄尚幼,生理上男女无大差别,故功课一样也没有关系;到了发育时期,男女的差别便显出来了。以后表现得更分明,故功课标准根据男生来定,女生便有些跟不上了。两说无论其孰是孰非,但女子教育不能一味照着男子教育依样画葫芦,那总是无可非议的事。

顶可笑的便是在我们读中学时代有家事一科,是选修科,由一个女训育员来教。起先校方规定女生必须选读此科,男生听便。但后来男生因为它容易骗取学分,便纷纷报名来选读了,人数竟达70余人之多,为其他选修科所未见。女生呢,却认为校方所说必须选读一句,是侮辱女性了,既云选修,如何又有必须?就派代表前去质问,于是校方收回成命,女生也是听便,结果女生中选读家事的,就只有我一人。我选读它的原因,是因为自己对此道实在太不行了,想真的学得些缝纫烹调等常识。不料在第一天上课的时候,女同学们莺莺燕燕地在教室门口包围得水泄不通,甚至连各个窗子上也都晃动着无数蓬松长发的人头。而教室里面只有我一个人坐在70多个男同学中间,自己也就觉得有些不自然了,哪禁得窗外门外的目光都一起投射到我身上来,她们一面冷笑着,一面交头接耳地不知在谈论些什么。她们一定在讥笑我不要脸拍校方马屁吧,我想,或者是在讥笑我没志气自己瞧不起自己地来选门家事科了。就是到了今日,我因为不善处理家务,几个旧时候的女同学见了我还取笑:“你是选过家事的呀,怎么连这些还不知道呢?”

由此我便推想到我国女子教育失败的原因:不是没有人想到女子教育有区别的必要,便是想到了不敢说,说了就有被质问被唾骂的危机。而且即使有人说着做了,女子们自己也不肯相信他、听从他的。若偶尔有人听从了他,她便得受尽女伴们的嘲笑,凭空加添出一份麻烦来。结果是女子教育包在男子教育里面,或者说根本没有女子教育这回事。

身为女子而受着男子的教育,教育出来以后社会却又要你做女子的事,其失败是一定的,就以我个人而论,教育,教育,我真是吃尽它的亏!假如我根本没有受过什么教育,也许反要比现在幸福得多了。

我的成绩,与同级男生比较起来,可以说是毫无愧色的,但是现在他们都成功了,我却失败,这是在学问事业方面。因为他们可以专心一志地对付学问事业,我却要兼顾家庭。然而在家庭方面又怎样呢?他们还是大都幸福的;即使偶有不幸福,也与他们所受的教育无涉。然而我,我的孤苦伶仃,却是教育害了我的。

我们都知道教育的第一个目的是要造成有用人才,以供社会需要。因此社会上需要医生,学校里便有医科;社会上需要教员,学校里便有师范科等等。教育出来以后,医科出身的人便当医生,师范科出身的人便当教员,这叫作学有所用,能够适应社会的需要。然而我们呢?社会需要我们做人家的妻子,做孩子的母亲,学校里却没有贤妻良母科,教我们怎样做妻子做母亲呀,这又叫我们怎么办呢?我敢说我们在小学中学大学里所学过的全部课程中,没有一种能够指导我们怎样养育孩子的,甚至连生产常识也没有教,但是我们必须生孩子,养育孩子呀!

也许有人说:那么男子也没有学过贤夫良父科,他们又是怎么办呢?这话可是不对。因为做丈夫做父亲便当得很,只要多赚几个钱便行了,用不着学习什么专门技能的。换句话说,他们可以利用他们所学的东西来多赚些钱,这样便可以舒舒服服地做丈夫做父亲了,用不着再学什么做丈夫做父亲的特别技能。但是我们便不同了:代数三角不能用以计算娘姨的小菜账;历史只告诉我们人种的由来,可没有告诉我们孩子是怎样受胎、怎样产生、怎样成长的呀!不错,那也许是我缠错,缠到生理卫生上面去了。但是我是上过生理卫生课的,我们那时是男女同级,当老师讲到膀胱一章时,男生都朝着女生们笑,并且用难听的话来打趣她们,因此女生们都羞红着脸逃跑了,下面讲生殖器官的一章更不敢听,大家宁愿旷课下去,弄得教师没法,只得连受孕怀胎几章都删去不讲,因此我们对于这些事便连一些常识都没有。但是男生们没有还不打紧,胎又不是长在他们肚子里的,吃亏的可是女人呀!在家庭妇女还占着绝对大多数的我国,女子的出路既是做妻子,做母亲,怎么可以不学些做妻子做母亲的本领来适应环境呢?

我是18岁上出嫁的,没有学过做妻子、做母亲的本领,便嫁了人,而且很快地养下孩子来了,于是我便吃尽苦头。当时我只知道两个人要好便可以结婚,谁知道结了婚就不要好了。结果须有结婚的知识与技能,我没有,我丈夫也没有。但是他没有不打紧,他不必管家,不必养孩子,甚至于唯一的责任供给钱,也由他的大家庭替他负担了。然而我却吃尽苦头呀!古人说:未有学养子而后嫁者也。我倒以为女子出嫁以前,真该好好地学养子一番才对。而且,避孕也是很重要的,女子教育不但要教人学"养",还要教人学"不养"哩。

这样说来,女子教育似乎专门指贤妻良母教育而言,相当于日本的新娘学校,除了插花、配窗帘、布置房间等等之外似乎再不必学习其他东西了,那也不然。我以为真正的女子教育可分两种来讲:一种是预备给完全以婚嫁为职业的女人来用的,就专门教给她们以管家养孩子的种种技能,相当于其他各项的职业训练,使她们将来能够所学得其所用。另一种便是除了教她们与男生同样学习各种职业技能,或同男生一样启示她们一条路径,使她们将来得从事于某种学术研究以外,还得教给她们些管家养孩子的常识,因为从事职业或研究学问的女子总还得结婚养孩子,在目前的中国社会里,男子可以专心从事职业或研究学问,把家务孩子统统交给他的家主婆,女子可没有这么好福气讨个家主公来呀!而且生产这类事也不是别人可以庖代得来的,总得知道一些。除非她是个终身不嫁人的女子,才可以与男子受同样教育,只不过在上生理卫生课时,还得把“月经期内的卫生”一章对她讲得特别详细一些,别让她听到讲膀胱那章时便给男生笑得逃跑了,那才是女子教育的万幸呀!

(原载《浣锦集》天地出版社 1944 年 4 月初版)

第十一等人

——谈男女平等

《左传》有一段话,把人类分成十个等级,说:“天有十日,人有十等。下所以事上,上所以神也。故王臣公,公臣大夫,大夫臣士,士臣皁,皁臣舆,舆臣隶,隶臣僚,僚臣仆,仆臣台。”鲁迅先生见“台”没有臣,未免太苦了,便安慰他说无须担心的,有比他更卑的妻、更弱的子在。但其子不过弱而已矣,长大了便强,便可升而为“台”,而妻的卑却是命中注定,永无翻身之日,永远是个第十一等人。

做第十一等人当然是痛苦极了,她们唯一的希望,便是赶快讨个媳妇。讨个媳妇进来虽不能使自己跃高一等,上而至于与第十等男子并肩称“台”,但下面总算添了一级。假如说:那个新进来的媳妇的等级是第十一等B级吧,那么她自己便是第十一等A级了,心中安慰得多。当然这升级的希望完全靠在生儿子身上,没有儿子便没有媳妇。别说在第十一等中分不出A级B级来,恐怕犯了七出之一,连最低等的身份也保不牢了,岂不哀哉！

不过这哀哉乃是后人的话，当时的女人是绝不会想到躐等幸进这类事情上去的。就是有几个会想的人，她们也不敢想。不敢思想男人所不许她们想的东西，不敢不思想男人所要她们想的东西，时时、处处、个个都顺着丈夫的性儿行事，那便是所谓妇德！别说男人叫她们做第十一等人，她们当然是“以顺为正”。就是男人叫她们把“人”的资格取消了，她们也一定“无违失子”的。直到近世自由平等的思想发达以后，男人间十个等级也不存在了——在名义上总是不存在了——这才产生了一位娜拉。

娜拉的出现曾予千万女人以无限的兴奋，从此她们便有了新理想，一种不甘自卑的念头。她们知道自己是人，与男子一样的人，过去所以被迫处于十等男子之下者，乃是因为经济不能独立之故。于是，勇敢的娜拉们开始在大都市中寻找职业。结果是：

有些找不到；

有些做不稳；

有些堕落了！

成功的当然也有，但是只在少数。而且在这些少数的成功者当中，尚有一个普遍现象，便是她们在职业上成功以后，对于婚姻同养育儿女方面却失败了。于是许多人都劝娜拉们还是回到家里去吧，娜拉们自己也觉没味，很想回到家里来了。

但是家里的情形又变成怎样了呢？

大部分丈夫是早已不把妻子当作第十一等人看待了,相反地,他把她认作全智全能的上帝。他要求她:第一,有新学问兼有旧道德(此地所谓旧道德,当然是指妇德之类而言)。那比起从前做第十一等人时只讲"女子无才便是德"的要难得多了。第二,能管内又能对外。管内便是洗衣做菜抱孩子,对外便是赴宴拜客交际跳舞。从前女人虽也有坐八人大轿上衙门,拜姨太太做干娘等事,但总不及现代女人所受的应酬罪之多。而且男人都是要体面的,太太在家里操作虽如江北老妈子,到了外面却非像个公使夫人不可。第三,合则留不合则去。从前男子虽把女人当作他的奴隶牛马,但总还肯豢养她、教导她,要她们生儿子传宗接代,与自己同居到老死。而现在的男子呢?他们却是又要马儿好,又要马儿不吃草。一旦马儿老了,或者马儿尚未衰老而自己却已骑厌了,便想把它立刻一脚踢开,另外换匹新的来骑。踢开一个妻子,横竖也不过是几千元赡养费的事,夫妻之间最难法律解决,难道司法警察可以把自己硬押进房不成?

于是乎女人苦矣!女人难矣!女人虽从第十一等人一跃而与男子平等,但其生活却更苦更难了。

然而怎么办呢?

有些人说:其实女人还是不解放的好,就算做个第十一等人吧,总还是有人可做,有儿女可养,而且生活也稳定。这是复古派的议论。

他们看到女人现在的环境恶劣,正是想做奴隶而不得时代,以为她们一定是希望回到从前做第十一等人的时代去了,那可是他们的观察错误,我敢说天下绝无此事。这好比一个缠足放大了的人，虽然大足须日行百里，走得脚底也起泡了，可是叫她们仍旧裹起足来不再走，她们会愿意吗？不！她们是宁愿苦苦练习跑路，不愿再裹小脚的。更何况现在男人的思想也变了，他们对于妻子的希望是妇德（还是指第十一等人的奴隶的道德而言）多带，妇食自备，那就是说女人即使再裹小脚也得跑路了，那更是干脆地断了她们复古的念头。

放在女人面前的只有一条道路，便是向上！向上！向上！

但向上向上究竟要上到何等程度，也颇有讨论价值。许多人都说女子解放之目的乃在于求男女平等，诚如其言，则女人的欲望未免太小，要求也未免太低了。因为照目前的情况而论，大部分男人实在也并不幸福，也有想做奴隶而不得的现象，连最低生活都没有保障。不知道女人又羡慕他们些什么，若说女人要求平等，不是要求与现代男子平等受苦，乃是要求与将来理想社会中的男子平等享乐，则届时女人也自有其特殊要享受的快乐可要求，难道除了与男子平等以外，便无其他更高的希望？不问这东西——平等——是否定为自己所需要，只因它以前会为他人所吝与，遂一意求之，这是斗气式的行为。

我以为宇宙间一切事物绝没有真平；水面是平的，但是河底却深浅不等。而且平了又有什么好处？人不猎兽，则人失猎得之乐，兽失逃生之乐；或者说：人无空劳往返之忧，兽无误落陷阱之忧。如此一来，人兽平等是平等了，其奈大家无忧无乐，统统活得不起劲何？人与人也是如此。像过去般男女不平等的时候,男人快乐,女人不快乐。现在男女名平等而实仍未平,故女人争取,男人吝与,其实都是毫无意义。我相信将来男女真的平等了,男女双方都不会快乐。虽然他们及她们的斗争行为总算告个段落。

女人生孩子,男人不生孩子,这是男女顶不平等的地方。女人还是要求与男子平等,大家都不生孩子呢,还是希望在生孩子的时候能够多得到些较男子更好的待遇呢?

我敢说一个女子需要选举权、罢免权的程度,绝不会比她需要月经期内的休息权更切;一个女人喜欢美术音乐的程度,也绝不会比她喜欢孩子的笑容声音更深……我并不是说女子一世便只好做生理的奴隶,我是希望她们能够先满足自己合理的迫切的生理需要以后,再来享受其他所谓与男人平等的权利吧!

凡男人所有的并不都是好的,凡男人所能享受的,女人也并不一定感到受用,这个观念须弄得清楚。幸福乃满足自身的需要之谓,不是削足适履,把人家所适用的东西硬来满足自己不尽同的需要。假如你这样做,那只能显出你的嫉妒、浅薄与可怜,距成功之域尚远。

做惯了第十一等人的女人呀!你们现在好像上电梯(其实上去还是由楼梯拾级而登的好),升高得太快了,须提防头昏眼花栽筋斗呀!尤其是在目的地到了,电梯停住的刹那,你们千万要依照牛顿的运动定律做——那是真理!

(原载《浣锦集》天地出版社1944年4月初版)

真情善意和美容

丈夫有外遇时,做妻子的应该怎样?

外祖母对我这样说:"当年你外公相与了一个唱戏的,我听见后只气得浑身乱抖。可是我一些也不敢露出来,唯恐给人家笑话我吃醋。男人三妻四妾是正经,后来我自己也想明白了,索性劝你外公把她娶进门来,落得让人家也称赞我一声贤惠。男子要变心了可有什么法子?我只好自怨命苦,念经拜佛修修来世罢了。"

这是外婆时代的理论,在我们今日听了当然多不合理。第一,男人三妻四妾怎么会是正经?第二,吃醋乃常情,为什么怕人家笑话?反之,劝夫纳妾,便算贤惠,这种不近人情的道德观念是要不得的。第三,男子要变心了,是否就没有法子挽回?念佛修来世,是否就可以安慰自己孤寂的心灵?

我的母亲是女子师范毕业生,她不相信念佛,而且坚持非四十无子,不得纳妾。我父亲虽不纳妾,可是玩啦、嫖啦、姘居啦,种种把戏,还是层出不穷。我的母亲气灰了心,索性不去管他,自己上侍公婆,下教儿女,继续尽她贤妻良母的天职。她绝口不提起父亲有外遇的事,父亲自知理亏,当然也不敢向她提起。他们夫妇俩始终相敬如宾,可是,我眼见她一天天消瘦下去了,说话的声音更加柔和,对祖父母更加小心,待我们更加爱护备至。有一天午夜里我忽然醒来,面颊上觉得湿润,睁开眼睛看时,她正偎着我垂泪。我的心中一阵凄惶,莫名其妙地也陪着她哭了起来。她噙着泪向我诉说:"自从你爸爸变心以后,我可够受气哩!不过,我却不能像你外婆般贤惠,让那婊子跨进门来,不怕她爬到我的头上去吗?好在我自己有儿有女,就算你爸爸一世不回头,我也能守着你们姊弟过日子。老婆总是老婆,难道他为了姘头,就可以把我撵出大门去不成?"

过了这个兴奋的晚上,她继续又沉默了。第二天她不时避开我的眼光,仿佛自恨不该把这类话告诉我似的。她对父亲的态度仍旧是尊敬、关切,可是却矜持得很,使人家绝不敢向她开口。

于是,父亲便把太太同爱人的界限分开:太太是管家的、养孩子的、对付父母族人并亲戚的;爱人则是游乐的、安慰自己的、仅在朋友中间露露面的。他可以双方兼爱,对爱人是普通的异性爱,对太太则近乎兄妹之爱、朋友之爱,非常自然,却又不带性的热烈。

此类变通办法,在新女子可万难容忍。第一,她们认为夫妇间的爱情,须专一而永久。第二,她们认为养孩子这事,乃太没出息而辜负所学,在夫妇相爱时已不屑为之,一旦夫有外遇,她们更不肯独自负起这个十字架来了。第三,她们大多数认为丈夫变心以后,自己唯一的安慰便是另找爱人或努力事业。

我的大姊听见她自由恋爱成功的丈夫也有外遇时,忍不住暴跳如雷:“他敢这样没人格,哼,我可不像外婆同母亲般好欺侮!明天我把他一枪打死,拼着自己给他偿命,看他还敢玩弄女性不!”说着,也不待明天买手枪,先自怒冲冲地跑去向他理论。他的理论是崭新的,他说爱情出乎自然。大姊就此失恋回来,立刻自动改变主张:“哼,谁同你讲爱情不爱情,像你这种男人,又有什么了不得的价值?同你拼命也犯不着,你不爱我,我便没人爱吗?这样一来,大家索性离了婚倒好,我就是一辈子不嫁人,也还可以努力做事业呀!但是孩子,带着孩子做起事来多不方便……”

结果孩子都交给男方的父母抚养,大姊同姊夫便离婚了。离婚后大姊为找寻刺激,交结了一大批漂亮的男朋友。但她仍不时感到孤寂,不断地想念她的孩子们。她或许也有些想念前夫吧,虽然并没有对我说过,可是我见她不久以后,无缘无故地把所有男朋友都绝交了,声称自己将永抱独身主义,毕生从事于教育事业。她的教育事业便是做个义务小学的级任教师,孩子们又脏又顽皮。而且同事间也有意见,人家背地里骂她活寡孀,黑旋风脾气。她气伤了心,不到半年便灰心教育了,同时听见她前夫也与外遇闹翻,因此很有破镜重圆之意。

她为什么不早争取呢?丈夫有外遇时,做妻子的应该争取。

《聊斋志异》里有个故事,说恒娘见邻家太太美而不得宠于其夫(当时她丈夫正爱上一个姿色平常的婢女),知道症结所在,遂自告奋勇地去做她的参谋,定要帮她争回丈夫来。她告诉那位太太道:“子虽美,不媚也;一媚可夺西子之宠,况下人乎?”于是那位太太便天天对镜练习表情,学成了整套的狐媚子本领。这项训练完毕以后,恒娘又教给她一个欲擒故纵的法子:先是停止吵闹,竭力装出大方的样子,让丈夫与妾尽情欢娱。一方面自己却卸尽装饰,蓬头散发地躬操井臼,使丈夫相信她的贤惠。及至时机成熟了,在某一个晚上恒娘便帮她打扮停当,婷婷袅袅地走出来劝丈夫饮酒。那时她丈夫同婢女也玩得厌了,心惊其美,酒后便重演求爱喜剧,觉得如调新妇,恒娘大功于兹告成。

恒娘政策得失如何,姑置不论,但其积极的争取精神,却先令人可佩。因为结婚之目的乃正在于保障儿女,不在于保障爱情。爱情是不能够靠结婚来保障的,它的本身是性的本能与美的幻想的混合物,要使它持久而且专一最不容易。反之,结婚往往促成爱情的崩溃,因为结婚之后,柴米油盐等家务都足以破坏美的幻想,而性本能也因容易满足而失却吸引力了,因此有人说结婚便是恋爱的坟墓。然而,它却是父母生活的开始,那是千真万确的:一个孩子从受孕而至于诞生,由哺乳、抱持而至于长成,不知要花费做母亲的多少精力,多少时日。要是没有一个做父亲的在物质上帮助她,在精神上鼓励她,同她共负养育的责任,真不知有多少儿童将遭夭折,甚至于根本不能诞生。所以我认为一夫一妻制的婚姻实予儿童以莫大保障,在儿童公育或其他更好办法未实行之前,此种婚姻制度大有维护之必要,女人爱孩子之心普遍总是超过男子,因此对于一夫一妻制的维护,更应全力以赴才好。丈夫若是有了外遇,做太太的为保障儿童的幸福起见,争取乃是唯一的合理的办法。

然而争取丈夫可绝不是件容易的事:像恒娘般方法,似乎太偏重于性的诱惑方面,如此说来则太太简直应该与妓女受同等训练。一个女人也自有其工作、责任与爱好,怎可以整天到晚地对着镜子做美容研究?况且就爱美也须身心兼顾,古人所谓窈窕淑女,君子好逑,若一味讲究涂脂抹粉,就有变成登徒子玩物的危险。即使在争夺之间,暂时非用此手段不可,则自后也应逆取顺守,规夫人正道,不然男人的好色是无限度的,以马上得天下者,安能在马上守之?

我觉得世人都有这种偏执观念,以为一个做丈夫的会有外遇,一定是喜欢妖媚,一定是甘心下流,因此做太太的欲图挽回,也必须从此着手。那也并不尽然。从前苏若兰遭丈夫遗弃,曾做过几首很好的回文诗去感动他,连武后对之也颇为心折。由此可见得争取丈夫实在并不专靠献媚,一味想以献媚手段来挽回丈夫的女人,不是看轻了丈夫,便是看轻了她自己。

我以为争取丈夫的必需的工具有三,即真情,善意,最后才是美容。

(原载《浣锦集》天地出版社 1944 年 4 月初版)

组织里弄托儿所

不要以为谁会生孩子谁便是母亲,许多做母亲的都没有做母亲的资格。我自己便有这样感觉:在孩子睡觉的时候,我的心中充满了母爱成分,一等到她醒了,吵着要这样要那样的,弄得我精疲力尽,肝火直冒,就恨不得一下子捶死她才好。什么教育理论都没有用,什么卫生理论都没有用,我的孩子聪明而健康,可是她会吵,吵得我一天到晚恨恨不休。

我常常想:弄堂里有这许多孩子,大的可以进学校,较小一些的,我们何不办个托儿所来收容他们呢?当然啰,一个完善的托儿所,总要由公家出钱来办才好,我们私人的力量不够,弄起来免不了因陋就简。然而公家似乎并没有想到这点——也许想是想过的,只是兹事体小,无暇及此。——偌大的上海,据我所知,就只有女青年会办的两个,而且成绩虽好,数额太少,成千成万的儿童,都被挡在青绿撩天的花园洋房之外。所以为适合大多数家庭的需要起见,我们实有广设里弄托儿所之必要,虽陋虽简，总比没有的好。

小规模的里弄托儿所，只要租一间统厢房或客堂——最好是楼下的——便够。必需的用具为矮饭桌一张，椅子若干把（视人数而定），风琴一架，玩具多种。午睡的被褥，能由所中置备更好，否则就叫他们自己带来，亦无甚不便之处。午睡时把桌椅统统移开，大家便在地板上打地铺睡，既宽敞，又不会跌跤。我知道上海有许多幼稚园都不睡午觉，就叫孩子坐着把头伏在桌上打一个盹算数，这样蜷曲着身子瞌睡在饭后很不卫生，因此我不主张采用。手巾牙刷等等或供给，或由他们自备，可视经济情形而定，不必拘泥。

为办事便利起见，入所儿童的年龄，可暂定为一周岁至四周岁，哺乳婴儿不收。而且，在家里顶会吵、顶难管的孩子，便是这么大的孩子。许多母亲为了他们（或她们）出不来门，做不来事，吵得头昏脑胀，结果不是以零食做饮鸩止渴的办法，便是多雇一个娘姨，专门替自己解麻烦。但买零食雇娘姨都是花钱多而且于孩子身心有害处的，母亲们并非不知道，因此心常惴惴。但送进托儿所却是两样，吃食有定时，主管有合宜的人，做母亲的，自然可以整天到晚放心去干自己的工作了。

在托儿所初办的时候，我想还是不收住宿的儿童，住宿便麻烦得多。时间是这样的：每个儿童早晨在自己家里吃过早饭，8时进所。所中供给午膳及两餐点心；上午是豆浆，下午则饼干面包之类。晚上6时回家，那时一般母亲们办公也完毕了，做客也回来了，家务也弄舒齐了，假如她会写文章的,文章也可以写好一全篇了。我顶恨动笔的时候,文思泉涌,给孩子一声喝断:“妈,我要撒尿了!”等她尿撒完后我亦“倦则搁笔”,白糟蹋一张稿纸,明天也许再不续,也许另换题目,也许题目照旧,而意思却完全不同了。

然而办托儿所的最大问题,还在乎钱,现在我们来讨论一下钱的办法吧!照目前生活程度而论,我以为每人每月可收费60元,一个客堂间可容20个孩子,即月可收费1200元。除100元作为房租,500元作为午膳点心费外,其余则为所中办事人员的薪金,这样一个小小的托儿所,管理员只两个便够,上下半天轮流看管。此外再雇一个老妈子,举凡做饭、烧菜、收拾房间、倒尿痰盂、洗手巾、手帕、围涎等等工作均属之。这样三个共得600元薪金,自然嫌少,不过我们应记取这是一件有意义的事,大家做起来须准备牺牲吃苦才好。再者,托儿所尚可允许人家临时托儿,即母亲有要事须单独出去时,孩子乏人照料,可暂领来所中寄存,按时给费,每小时1元或2元,这笔款子就用来津贴所中的办事人员。又所中夜间无人,办事人员尽可宿在里面,也是替她们省却一笔住宿费。管理员在未轮值到自己的时候,可以自由出外兼事,以增收入。

其次该是房子问题。托儿所房子,清洁不必说,一方草地——至少也需一个天井——是必需的。否则叫20来个孩子整天到晚关在一个房间里,不闷煞人吗?若附近有公园可利用,那是更好。而且租房子时,所处地段也很要紧,大洋房附近是没有人家来托儿的,我们也不希望费心劳力地替阔太太们看管小姐少爷，让她们自己可以安心打牌。此外如贫民窟一带也可不必尝试，那边的儿童整天都在街头打转，谁有闲钱花60元一月来吃你的豆浆饼干？因此我所说的里弄托儿所应该先在中等住宅区内办起，我相信上海像我们这样的人家多得很，那就是说做母亲的工作忙，家中人手少，娘姨多雇不起，雇了也不相信，结果孩子没安放处，最好让她进托儿所。

最后，还要注意儿童的教养问题。我相信对于孩子的本身利益而论，入托儿所比住在家中要好得多。第一，孩子们在家里常娇声娇气，动不动叫大人替他服务，有的且整天抱在手中（虽然他们早已会坐会爬会走了），进了托儿所，势非训练他们自己做不可，养成习惯，受益无穷。第二，所中同伴多，玩具多，玩得起劲，久之自能乐于合群，不像在家里般整天与大人周旋，模仿大人举止动作，养成古怪脾气。第三，孩子们有得玩了，不感寂寞，便不会时时想吃闲食，且所中食物之营养方面当更注意，大有益于消化。第四，在所中当注意多灌输普通的常识，并养成他们有正确的观念，这是许多母亲所不注意或懒得做的。第五，所中管理员以按时轮值，休息时间充分，精神当能良好，不像一般母亲似的疲倦透了，或受丈夫的气时，动辄迁怒到孩子身上，每遇孩子发问时，辄带着厌恶的脸色叱骂："走开！不干你事叫你多问干么？"——关于这类个人脾气，管理员中当然也有免不了的时候，不过一个人在职业范围内总比较容易自制，在家里，对自己儿童，那便更容易让怒火爆发出来了。

至于做母亲的方面呢?有了托儿所,于精神、体力、经济各方面都有好处,那更不待言。许多女人失去健康,都为孩子累人;多同丈夫吵嘴,也是为了孩子,尤其是下面还有哺乳儿的人,像这类小哥哥小姐姐顶要防范严密,一不小心让他们(或她们)挖痛了小弟妹眼睛,那便糟了,而且这类三四岁孩子顶管不牢,你替弟弟换尿布,他便滚下楼梯去了,一会儿摔东西,一会儿撕纸头。糟蹋也多,进了托儿所,就把一部分责任移转过去了。60元钱一月算得什么呢?在普通负担得起的人家,为替一个做母亲的节省精神体力起见,多花这么60元钱,这又算得什么?况且那时做母亲的也可把这种省出来的精神体力用来做别的事。

我把这个组织里弄托儿所的计划,同朋友们商量过好几次,她们中有学护士助产的,有学教育心理的,有在幼稚师范毕过业的,佥以为可,很早就想尝试。最难的还在于各人都要有持久心,虎头蛇尾,不但贻笑大方,且使后来举办者更难获人信用。一个人一鼓作气,不辞艰苦,不怕危险,去干一件有意义的事,那是容易的;若要天天如此、月月如此、年年如此地干下去,那便难了。里弄托儿所在初创期间,必难获得人们信仰,必不能使家家儿童踊跃参加,那是意料中的事。我们得凭自己的信誉,先向熟识的人家去“劝”了过来,勉强凑足20人之数。做信用可不是一日一月一年间的事,做起来又不像说说般便当,费力多而报酬薄,说不定有人会中途灰心起来,那便糟了。至于我自己,过去虽是做文多而做事少,不过我很希望能够做些像这类有意义的事,而且环境也允许,假如有人肯采用我这个计划，我愿意帮忙，就是尽义务也好。

（原载《浣锦集》天地出版社 1944 年 4 月初版）

牌桌旁的感想

从前,我不会打牌,也不欢喜看人家打牌。不欢喜的原因,一半是为了看不懂;一半是因为胸有成见,认为打牌乃不正当的娱乐,我们青年应该深恶而痛绝之。所以君子远牌桌也,连眼睛都不瞟它一下。

近来我寄住在亲戚家里,这家的人可都是嗜牌若命的。在起初的几天,我听见牌声便觉得讨厌,心中鄙夷她们,不屑与之同处,常一个人悄悄地溜了出来。出来之后,老是找朋友谈天。有时谈得腻了,便去马路上溜达溜达。直到天色已晚,肚子饿得慌,这才回转她们家去。然而她们打牌是日以继夜,今天打过明天还要打的,我终于拼不过她们,这样天天出去谈得嘴也干了,溜达得腿也酸了,心想还是留在她们家里不去理她们吧。

留在她们家里而不去理她们,这在人情上已经有些说不过去了,不料她们见我不理,大家反觉抱歉起来,再三邀我走拢去瞧瞧。我想这样若再不去,老实可说是不懂礼貌了,因此只得勉勉强强地走拢牌桌,站在旁边静静地观着她们打牌。

看打牌，我其实是连牌都不认得，只可说是观看打牌的人罢了。上首坐着的是一个60多岁的老太太，眼花手颤，常常拈牌犹豫，不知该留该发。她的左面是位尖下巴的姑娘，一双眼睛凸出像金鱼般，恶狠狠地瞪着老太太发急，那位小姐的上家，便坐着她的嫂子，那是一个聪明干练的少奶奶，小圆脸上不时装出笑容来，却又倏地收回进去。还有一个呢？还有一个是大腹便便的怀孕妇人，端然木然地坐在那个少妇的对面。

老太太的牌打得很慢，态度很认真。她的年纪老了，手、眼、脑三者之间常不能联络得恰好，因此有时还需要一张嘴来再三查问着以资帮助。大肚子女人也很当心地发着牌，仔细计算自己的输赢，但却不甚注意到别人的东西。至于那个少妇呢，她的样子看起来始终很随便，似乎只是陪着别人打，自己根本没有什么兴味似的。只有这位尖下巴姑娘，又要自己赢，想打出张没用的牌；又怕别人对这张牌有用处，因此死揹着不肯放手。结果是老太太输了，输得愈多，火气愈大。

于是圆脸的少奶奶装出笑容来劝她："这是铜板幺半呀，老太太，可输不穷你。"然而老太太更生气了，说道："谁说我是可惜钱呢？凡是赌，总想赢的。"

凡是赌，总想赢的，老太太的话绝没有错。盖赌的滋味三分在于"赢"字，七分在于"想"字，除此之外便没有别的了。世人以金钱或其他东西为助兴之物，已嫌蛇足；若更重视蛇足而唯此是图，则其人必得不到赌趣是一定的。试以猜拳为例,输家得饮酒,名之曰罚,今若有酒鬼故意猜错而愿受此罚,不是把猜拳兴趣都扫光了吗?所以对于赌的态度,我始终附议老太太而反对少奶奶,那就是说应该认真而不该随便。至于赌的手段,我却赞成孕妇而不能同意那个尖下巴姑娘了,因为我上面已经说过,赌的目的乃在于想自己赢,不是在于想人家不赢呀!

有人说:赌有赌德。所谓赌德,主要是赢了不可得意,输了不许光火;在人家赢的时候,不可出去小便,不可欠他筹码,不可迟延片刻等等。盖前者有关自己涵养,后者有关他人运气,不可疏忽。不过照我看来,赌而不忌其德,则兴趣必减,滋味必淡,可赌,可不赌,又何贵乎赌哉?

还有两点,据说也是有关赌德的,便是输家想反本时来邀你,不可拒绝,以及别人家三缺一时必须参加。然而,照我看来,此两德具,则此生永无脱离牌桌而自由之日了,思之可忧,再思则惧,三思而悲。

譬如食肉,滋味虽好,若在舌苔厚黄之时硬逼你非吃下去不可,其难过又是如何?

关于亲戚家里所见这四个人的赌德经我考核结果,加上按语是:少奶奶自己有赌德而不求别人也有赌德;尖下巴姑娘是自己没有赌德而却要别人保守赌德;大肚皮女人是自己有赌德也要别人有赌德的;老太太则是自己不讲赌德也不责备别人来讲赌德。

在此之后,老太太常常独踞在牌桌旁,没有人来邀她,也没有人来陪她打牌,只是怔怔地对着骨牌儿出神。后来还是由我替她出个主意,叫她一人身兼四职,先是端坐在上首做头家,摸进一牌,打出一牌。于是再到下家去看,再到下家的下家去看,再到下家的下家的下家去看。再摸进,再打出,再到下面三家去看。摸进时不舞弊,打出时照规矩,赌德无亏,这样手、眼、脑三者挨次运用着,既不紊乱,也不需要多大联络。只是撇下一张嘴没有工作做,我便替她塞进松子糖几粒,甜甜蜜蜜,忙忙碌碌,足可消遣时日。如此一来,家人们就不怕她闲着唠叨,又不愁她赌着输钱,皆大欢喜。主意是我出的,她们无以为谢,便端过张沙发来放在牌桌旁,叫我坐着观看老太太打牌。于是我一面嚼着松子糖,一面就靠在沙发上写这篇拉杂的感想。

(原载《浣锦集》天地出版社 1944 年 4 月初版)

看 护 小 姐

当我每次进医院,瞧见这批年青美貌的看护小姐时,心里不期而然地总会想到这个问题,便是:“等她们年纪老了,又将干些什么?”真的,照事实讲,我们可曾在什么地方看见过白发皤然的老看护吗？就连中年的也少有,她们顶多是二十开外,有的还只有十七八岁。那么,她们难道都是不会老的吗？或者竟是不幸短命而死了吗？非也！她们大都是嫁人了,嫁了人便不肯出来当看护了。

其实一个男子能够讨看护小姐做老婆,确也是件很合算的事。她们又会打扮,又肯耐劳苦,这点已是难得的了。尤其是家中有了孩子或病人时,由她们来照管,更是适合不过的事情。她们又有医药常识,就是在平日,对于家庭卫生的帮助也很大的。假如她们是在教会派医院出身的,一定还能够懂得几句洋文。而且医院中同伴多,嫁后来来往往,热闹非凡。诸如此类好处,不胜枚举。

假如她们不嫁人，到了中年便也改行，做家庭保姆之类去了。许多公馆里的太太们因为应酬忙，不大愿意自己带领自己的孩子，而全权交给仆妇又不能放心，因此便想雇用这样的一个保姆来负责照料，有的还美其名曰家庭教师。这类保姆除了照料孩子以外，有时还要代为料理家务，若能宾主相得，倒也是一种终身职业。

普通护士不比助产士，很少正式从护士学校毕业出来的。她们都是在医院里受这种训练，为期两年或三年不等。过去的时候，也要经过考试，资格虽限定高中毕业，但许多医院都马马虎虎，便只有初中程度也没有关系。

那些刚进医院学习着的非正式护士，叫作医学生，照例也是先从下手工作做起。她们虽也上课，但总不及实习的时间多，最初几月中，实习工作都是顶轻便却又顶多顶忙的。譬如说，在外科门诊间里，她们便忙着替病人裹纱布啦，换药膏啦，又脏又累人。在产妇卧房里，她们就担任着量体温、倒大便、冲洗阴道等等工作，日必数次，也是够麻烦的。她们的食宿都由院方供给，连白罩衫、白帽子等都不必自备，因此在自己负担方面可以说是极少的。

后来，她们也有机会参加手术室、产房，以及婴儿间等处工作了，不久学习期满，成绩及格，便可换取一顶嵌黑线的白帽，与当医学生时所戴的纯白帽子不同了，那是她们认为很光荣得意的。因为在她们之间，阶级分得很严，院长、各科主任，以及医师等都高高在上不必说了，便是护士之间,也有看护长、正式护士,以及实习生之别。普遍做护士长的对于正式护士都相当客气,但对于医学生却不能如此。她常分配给她们许多繁冗的工作。稍不如意,呵斥随之,医学生若有嘴硬顶撞的,便报告院方,扣留文凭,这样以前的一番辛苦不是都白吃了吗?因此做医学生总是忍气吞声的多,便要发脾气也只敢偷偷地发在老实的病人身上,假如病人同他们发生口角而给院方得知了,照样也要扣文凭的。

有许多病人都咒诅看护小姐,说是她们架子大,喊她们做事常待理不理,其实她们也有她们的苦衷。有许多病人常不肯听话,对于医生禁止做的事情偏要做,而吩咐他们做的却又不肯实行。医生去后,他们便缠着看护说这样,说那样,或者是自作主意要这样,要那样的,看护若待依了他们,停会儿出了事,医生得知可不是玩的;若仔细解释不唯时间不允许,也常不大发生效力,因此只有不理睬的一法了。还有一种病人,他们不懂病房规矩,无论吃食大小便都不肯按时,人家已冲洗好马桶待交班了,他们却又嚷着要撒尿起来,这样还能忍耐着给他们好嘴脸瞧吗?而且他们也往往善观气色,碰到和气一些的看护,便多无理要求,随意使唤,因此看护也摸着了他们脾气,不肯和颜悦色地百依百顺听使唤了。

也有人说,看护小姐对待头二等病房的病人与对待普通病房的病人,是显然露出两副嘴脸来的,这情该也是事实。大抵头二等病房人数少,而且病人又往往自己带有陪伴的人可以代劳,不比普通病房之人多事繁,而且病人的等级又参差不齐,有许多老粗们简直不可以理喻,看护小姐虽理该不分彼此,但人总不如安琪儿纯洁,在劳苦厌烦之余,怎能丝毫不露诸颜色呢?虽然这在理是极该自制的事。

还有许多阔绰的病人,在院或在家养疴,还需要更周到的看护,于是便有特别护士的聘用。在目前的上海,请个特别护士,日夜班大概各需二三十元之谱。做“特别”的美缺,不唯报酬厚,而且还有口腹享受,大热天气则汽水冰淇淋,就是普通季节,水果点心总也少不了的,至于膳食丰美更不必说了。不过话得说回来,这位阔老爷阔太太的脾气必也不是好侍候的,尤其在病中,动不动唉声叹气,呼痛喊酸,吵得你精神不宁、头痛脑胀,这也是无可奈何的事。

至于这类特别护士的选择,其工作成绩好且不说,还有一个次要条件,便是所谓年轻美貌。做看护的为什么定要年青美貌?我对于这点常常怀疑。若说年青便善于吃苦,这已经不是尽然的事实了,那么美貌又有什么用处呢?有人说:看护妇的美貌是能引起病人快感的,因而可以使病人减轻痛苦,这点我可万万不能相信。我自己也病过,病得重时,昏迷不醒,苏醒后,痛苦万分,哪里还会注意到看护的人究竟美貌不美貌?若在将痊之际,审美感觉有是有了,但审出看护虽美,却也丝毫无补于病。况且看护的面貌过于美了,对于同性的病人还只是无补而已,若在异性,还虽保不发生“颇涉遐思”的情形,如此则反累病人增加无谓兴奋。不唯无益,且是有害呢!据说普通医院中常有花柳病人因对看护小姐存“不敬”之意而加重其疾患者,也有人根本没有什么毛病,只为想同某看护小姐接近而来住院者。若前者情形普遍起来必有医院将易看护妇而为男护士;如后者情形发生的话,则亦必有若干私人小医院,将大量雇用看护花瓶以广招徕矣。这类看护也将与上海导女之不导游而伴宿一般,医药常识可以不懂,而年轻美貌却是顶要紧的必备条件。

老实说,现代大都市的看护小姐们已多少有些这种倾向,她们不大愿意在本职责上多费心力,只想以年青美貌来取悦于人。我上面说过,医院里的待遇本来不坏,但许多护士(尤其是医学生)却往往反要向家中支钱,其用途十有八九在于化妆品上面。他们的学识本来浅薄,进了医院又因日夜班轮值,工作无定期,因此进补习学校也不可能。她们中甚至有连报纸也不看的,业余消遣不是看电影,便是叉麻将、进跳舞场,因此很有人把她们列入玩物项上去了。在医院里,她们因为同伴多,嘻嘻哈哈,你推我让,不是裹馄饨、买花生米,便是做香袋、打绒线衫,谈话的资料也无非是白相经、美容术,或者是表姊出嫁哩、姊夫很有钱等等。虚荣心又大,自己又努力不出什么大场面来,因此便非准备嫁个金龟婿不可了,这便是目下看护不能算终身职业,只能算临时职业的由来。但是,白衣天使的伟大责任可绝不是就止于此的,看护的目的应在努力"护"人,而不光是打扮了给人家"看",看护小姐们努力着吧。

(原载《浣锦集》天地出版社 1944 年 4 月初版)

家庭教师面面观

自从上海平添出许多暴发户以后，家庭教师的需要也大大增加起来。这类教师通常总是由女的来担任，女人有耐心，管教儿童自然比较相宜，可惜有许多家庭往往不把教师当作教师看待，做教师的也只是为了顾全饭碗，处处委曲求全，不敢维持师道尊严，结果饭碗虽保牢了，然而此饭碗非彼饭碗也，家庭教师已名存而实亡矣。

有等人家，做主妇的为了叉麻将忙、看跑狗忙、跳舞忙，整天不在家，更谈不到照顾儿童。儿童们放学回来了，净吵净闹，娘姨等辈管束不住，生怕闯祸闹事，还是请个家庭教师来讲讲故事吧，这样地每天鬼混到吃晚饭，只要不滋事，家中安静些，教不教是不在乎的。不然，做教师的要真教了，小姐少爷们苦不住，反要起哄，誓非轰走先生不休。那时娘姨们也怪先生多事，在奶奶跟前一声报告，便完结了。故在此种场合，做教师的顶多能够体贴这个家庭的真意，一味哄着儿童，敷衍着儿童，使其平静无事，挨过一秒钟是一秒钟,挨过一星期是一星期,挨过一月是一月,一月薪水到手,便放心了,此类教师,可拟之为牧豕儿。

有等人家,做母亲的看见儿子在学校里得分太差,面子攸关,心里怪难过。若叫他认真用功,则小孩子身体犹如嫩芽一般,恐怕吃苦不起,自己心中也有不忍。想来想去,还是请个人来代代劳吧!从此作文日记有人做了,英文造句稳得 A(+)了,三角几何不用愁了,孩子们回来一放下书包,拿出习题给先生看了,心中石头便自落地,兴高采烈地要爸妈请客看电影去了。这时只撇下先生孤零零地埋头苦干,又要得分稳高,又要不像请人代做似的,煞费斟酌。有的先生欢喜一劳永逸,把全本书习题统统做好了,日记一次便记好个把月,别的临时题目,只得临时再说。只是孩子们应考时,家庭教师却没法跟去,只得帮着猜题目,摘大纲尽力教他们投机取巧。假如投机不着,取巧不得,便是老师失职,应受革职处分。这类家庭教师,实际上还不是捉刀人吗?

有等人家,老爷整天在外面做交易买卖,吃花酒,坐台子,忙不过来,太太独自理家,未免嫌寂寞辛苦,因此借名替孩子请个家庭教师,其副作用还是为了帮同自己上公司买衣料、叉麻将做搭子、设计窗帘、调苹果酱、研究画眉深浅、配端午节中秋年底礼品、代听并代打电话、视察抽水马桶漏水也无……做那类家庭教师的,须得多才多艺,耐心耐想,善测人意,会看颜色,惯赔笑容才好,陪得太太过意不去了,便有额外好处,如送些衣料、水果之类,也是很值钱的呢,难得的奢侈的享受。像这类家庭教师,可说是清客流亚,不过她们的看家本领还并非琴棋书画,不够陪贾政逛大观园捧宝玉资格,只能像什么家的一般,在贾老太君王夫人凤姐跟前献献殷勤儿罢了。

以上所说的三种的家庭教师,实际是既不教,又非师,只不过应太太的需要而请来的罢了,此外尚有为老爷的"别有作用"而招聘者,名义上也是家庭教师,而且这种情形也很普遍。

第一类,她们名义上是某公馆的家庭教师,其实谁也没有叫她教过,她也并不问起谁给她教,大家心里明白这回事,她只是为了年轻漂亮,给男主人拣中,在平时既借她谈笑解闷,宴客时便叫她出来帮同招待,或奏钢琴一曲,或逼尖喉咙唱流行新歌一支,以娱嘉宾,这样看来既比叫堂差高尚,又不花钱,摩登家庭里常如此的。

第二类,男主人因丧偶鳏居,儿女众多,且因年高,选择继配煞费苦心,因此别出心裁,以聘请家庭教师为名,或登报征求,或托朋友介绍,醉翁之意不在酒,在于厮混而已。厮混得熟了,便能观察出个性,打听出家世来,合则求,不合则婉谢之。此等家庭教师固不啻为填房候选人也,而选择之权在人,犹有强作解嘲语者道:我固利用他耳。不知究竟谁利用谁? 谁上算谁不上算?

据说上海有一名教育家的府上,小姐公子们早长大了,长大之后都已做了学校或家庭教师了,再用不着别人来做他们或她们的家庭教师了,但是这位名教育家的府上还是豢养着两个家庭教师,一个是侍候太太的,侍药、侍医、侍念经;一个是侍候老爷的,侍宴、侍寝、侍抽烟。在如此家庭内做如此事情,而如此大教育家犹如以如此美名——家庭教师——真令人听了觉得啼笑皆非。

有人说,有钱能使鬼推磨,莫说叫这两个家庭教师来侍候老爷、太太、小姐、少爷,便叫她们来侍候公馆里的车夫、厨司、娘姨也行,横竖只要出钱得了。然而事情倒也并非如此简单。据我知道,许多做家庭教师的自己境况并不很坏,而且,照一般的情形说来,做家庭教师的待遇也菲薄得很,而业务支出却较任何职业为大,她们都是外强中干,没有多大进益。第一,做家庭教师顶要讲究衣着。手套太阳眼镜皮箧子之类应有尽有,一样也省不下来,而且虽不能天天更换,也得每星期换一两次才行,否则给佣人瞧着多寒酸,便是学生也看轻,他们(尤其是她们)会说:“先生,今天没换皮大衣太冷了吧,家里炉子旺,出去当心受凉。”说着,向旁边的女仆们挤挤眼,这些话情该是她们教的。第二,做家庭教师顶多无谓应酬。比方说:今天少奶奶的过房姐,来邀看戏,买六七张戏票,分一张给你做家庭教师的,仿佛是赏你面子,使你不得不接受,但是她既请过你,你也得还请哪,还请的时候,少奶奶当然是陪客,还得拉上两个,糟了。而且平时少奶奶要你陪着上公司,她买大包衣料,你总也少不得自己带买一两条手帕之类,你不买她也要强劝你买的,大减价货色便宜是便宜,不过总也得花钱呀!至于陪少奶奶叉麻将,更有输钱的危险,而又不敢不叉。其他如送孩子的积木文具,给娘姨的节赏等等,都叫你不得不忍痛破钞。第三,做家庭教师顶不能严守时刻。假如你规定去的时间是下午5时到6时，但是假如她们早日向你预约一声："先生早些来吧，帮我们量防空窗帘。"你不得不早去20分钟。假如你在6点钟教毕想回家了，她们阻住你："先生，在这里用便饭吧，饭后逛兆丰花园赏月去。"你也不得不遵命，11点钟赏毕，包车送你回家，还得给车夫香烟钱。

做家庭教师既有这等苦处，干吗还有这许多并不很穷的女人抢这只饭碗呢？这便该怪这类女人的虚荣心及奴性了。她们以为做人家的家庭教师是职业，在家里教教弟妹儿女便是做寄生虫了，此其一。请家庭教师的人家总比较阔气些，与阔人阔太太交虽侍之亦有荣焉，此其二。阔人路道多，有介绍更好出路之希望；且阔人多阔朋友，可推广交际，此其三。在阔人家里可学些阔气派头，增加些阔知识，以为出来骄人地步，此其四。其实她们也并无别种本领，唯有做人家奴仆婢妾的能耐，在公园里既不落为奴为妾的恶名，便掩耳盗铃做下去吧，此其五。

我可并不是说凡是做家庭教师的都有奴性，都没有骨气。要是人家真能以礼待她，她也能以人师自视，认真地教，教些有益的东西，那当然是好的。只不过在目前上海请家庭教师的人家，我敢大胆地说，很少有希望她能认真教的。不知教之有益，便不知道师之可贵，更谈不到尊师之道了。本来这些暴发户的阔气全靠在钱身上，出钱请家庭教师，也无非是表示他们的阔气，若有教师为羡阔慕钱而来者，则其心中早已被有钱与阔气所慑服了，欲待不为奴，其可得乎？我们试想：请这类奴才来做教师，还教得出什么好子弟来？在待师如奴而不加礼的家庭里,又怎么会产生出可教诲的好子弟来呢？

我曾听见过一个暴发户人家做母亲的叱骂他儿子道:“恩官,你再这样吵,明天我给你喊个家庭教师来管你!”请家庭教师而曰喊,已觉可笑,但如今竟能一喊就喊到几十个甚至几百个之多,是亦未免太可怜矣。然而,且慢同情,这样十几百人中,我知道只有一两个是值得同情的。而且这一两个值得同情的人,绝不能做满一个月教师,假如他们在暴发户家里,倘若那个家庭能够请她们做一个月以上,那时候她们也不必再做下去了,因为像这样的知礼好学的家庭中养出来的孩子,便是没有她们教诲,品学也是会兼优的。

(原载《浣锦集》天地出版社 1944 年 4 月初版)

做媳妇的经验

我做媳妇快十年了,成绩不能说好,也幸而尚不算过坏。我的母亲是城中有名的孝顺媳妇,她苦苦地孝顺了一辈子,始终没有孝顺出祖母的良心来,因此我就看灰了心,立志不做孝顺媳妇。哪知过门之后,我的公婆都是讲究遗传学的,他们相信女必肖母,把我照例的请安奉茶等习惯都看作孝顺的表现,我这个人是向来爱戴高帽子的,人家说我好,我便不忍坏了,因此改变方针,决定做个好媳妇。

要做好媳妇,当然得有些好本领,于是最先使我想到的便是"三日入厨下"那首唐诗。入厨下在我是常事,而且我也并不嫌脏,只是我入厨下的目的总是为了催饭好吃了吗,并非洗手去做什么羹汤。从6岁到10岁,我是走读的,那时年纪还小,母亲也不叫我做什么菜,吃饭时最多帮着分分筷匙碟子罢了。10岁那年的秋季,我便住读了,起初是过厨房而不入,后来做了六年级生,便也去向厨子胡缠胡缠——例如喊他几声"老胡子,偷菜吃”之类——厨子恼了,便骂,又要告诉先生。我这才笑着跑出来,初中时代我是闹饭堂能手,等吃完了,不够,便捉只苍蝇放在碗底,跑到厨下振振有词地同饭司务闹去,结果常是捧着热腾腾的“罚菜”胜利回来。进了高中便是救国忙,弄得君子远庖厨也,茶饭无心。大学膳食是自理的,校门口小吃店林立,生意极忙,餐餐有应接不暇之势。因此,顾客可分为两类:一种是有座位无饭菜;一种是有饭菜无座位。那种规规矩矩坐在外面老等的人,就是抢着座位而抢不着菜的;挤进厨房,挤到厨子肩后参观他烧菜的人,便可觑着乘他持碗盛菜之际,奇兵出击,劈手把碗抢将过来,不问谁先谁后,谁点的菜,只要抢到了菜,饭是现成的,便可站在外面角落里吃将起来,这等人便是抢着菜而抢不着座位。菜与座位不可得兼,我是常常宁愿弃后者而取前者的。而且事实上厨子也肯予女生以方便,若男生老站在他肩后参观,他便要恶狠狠地提起长柄铜勺舀些滚汤泼将过去,吓得他们退避不迭,因此他的身旁总是密密地挤着女生,围绕成个半圆形,那时他也似乎更加卖力了,用他熟练的手法,把一碗碗菜烧了出来。我们喊这个时候为“上烹饪课”。我上了几年烹饪课,学会了一样炒鸡蛋,做媳妇时自然先卖弄这个仅有的本领,买了鸡蛋炒将来,给小姑尝过,也没说什么,可是怎么会不合公婆食性呢?事后研究出来,原来是搅蛋时盐没有搅匀,给小姑尝的一边还好,剩下来的便咸得不堪了。

其次,该轮到女红了。“鸡鸣入机织,夜夜不我息。”我是万万吃不消的,缝衣制鞋都不会,就只还算打绒线在行。我替公婆织的绒线衫,又松又软，穿在身上想不会不舒服。只是长短大小总不能恰好——因为公婆不比父母，我不能随时麻烦他们，叫他们试样——他们穿了倒没说什么，就只是小姑挑剔得紧，眼看着我的妇工又告失败了。

因为孝行做得不够好，使我的孝心在无形中也打了折扣，心里着实懊恼，一方面也后悔从小太不懂家事，如今所学非所用，弄得英雄无用武之地。幸而公婆也看出这点，他们心想还是叫我做些别事吧！于是机会来了：

先是，婆婆叫我代写封信。她说："你公公年纪大了，写起字来手要发抖，听说你字眼很好，就是你给我代写封吧。"我当然是唯唯答应，心中暗喜，但回头瞥见小姑满脸嫉妒的脸色，一团高兴便又化为乌有了。婆婆说："你就这样写吧，叫云官到梅里溪去时搭荣生烂眼讲声，说上年还有200多元便田价没拿来。"我不敢打断她的话头，好容易等她说完了这句，便赶紧插上去问："请问姆妈，这信究竟写给谁的呢？因为信上先要有称呼。"她淡然地回答："当然是给云官的啰，我又没有第二个亲人。""那个……那位云……云官又是谁呢？"我自己也觉得措辞有些不妥，冷眼瞧见婆婆的脸色，果然显得很不以为然了，心中更慌，不知究竟是怎么回事，却听得小姑在旁冷笑一声："嫂子直喊舅舅名字，恐怕有些不大应该吧！"我这才知道原来如此，心想我又不知道云官就是你舅舅，但仔细一忖也不必说明，还是俯首认罪了吧，于是提起笔来再写，问题可又来了："梅里溪"三字怎样写法？荣生烂眼该作如何称呼？"便田价"又是什么东西？这些专门名词，写错了人家不懂，闹笑话迟早要出丑，还是预先问清楚吧。但是婆婆不大识字,她转询小姑。小姑撇撇嘴:“人家大学生还不知道怎写,我会知道吗?”于是婆婆停了半晌,怪不快意地说:“你且放着,还是叫你公公写吧。”

公公是个明礼的人,倒并不从此就看低我的“学问”。有时他叫我算盐货店、南货店、绸缎店的账,旧式折子上的数字都是草体,我看不清楚,得一次次问他,问明之后,又因珠算不精,常常错。因此,他用得着我代劳的地方实在很少。甚至在红纸袋上写“贺仪”两字,也因我的书法太劣,得由他自己动笔,真是惭愧之至。有时饭后闲谈,他问我些命相学上及中国医书上的常识,我也不知道,于是他叹口气道:“你们在学堂里读的多是外国书,这也怪你们不得,读出来就只好教书,上次贞儿吵着要进学堂,我说不必罢,女子总是持家要紧。”

我不会持家,连相帮也不会,只得出去教书了。赚来的钱都归我自己零用,回到家里吃他们的现成茶饭,自己心上也过意不去。因此我常买些参茸衣料去孝敬他们,当然也常送给小姑。我会教书,公婆看着倒还喜欢,虽然他们并不想我的钱用。但是小姑却更加嫉妒了,她并不感激我送她东西,只是恨我吃现成茶饭,而她却要下厨房相帮做事。后来她对公婆说我在外面做事未免男女混淆,婆婆想着不错,对公公说要阻止我再出去,公公觉得我住在家里也太没意思,还是让我跟丈夫到上海来组织小家庭吧,那时随便我家居也好,做事也好。

我奉他们之命到上海来,并没有丧失做孝顺媳妇的资格。而且在这里持了七八年家，生米饭吃过，衣服蛀坏过，给娘姨欺侮过，贼来偷过，什么苦都吃过，心里委实觉得还是与他们同住，努力学做孝顺媳妇的好，因此把他们都接了出来。至于小姑呢，现在也早已出嫁了，做过媳妇才知道做媳妇的苦处，她回家来总是向父母哭诉，说是公婆看轻她没读过书，不会到外面去赚钱做事，就连大场面的应酬也有些跟不上，只会在家里烧饭做针线，这些都是老妈子分内的事。她想到外面跟丈夫组织小家庭去，但是他们不许。

她羡慕我。我现在已马马虎虎地能够持家了，公婆对我也还满意，根据我过去的经验，我觉得做媳妇的要注意下列几点：

(1)待公婆顶要紧的是"礼"，礼数不错，他们就是心里并不欢喜你，面子上也不得不还你以礼。换句话说，尊敬公婆便是尊敬自己。

(2)小姑小叔辈能联络更好，否则也当竭力忍耐，避免正面冲突，只是淡然不大去理会他们，公婆也不能怪你什么。

(3)不多讲话，这是好媳妇必具的条件。因为态度不好责备起来尚难，而一句话说错了，便授人以把柄。

(4)处处表示你是好出身的人，千万不要说出娘家，娘家亲戚，以及自身的短处来，那些除非瞒不住，久之给他们自己得知了，没有办法。而且，你千万不能说出娘家，或娘家亲戚与你有不和的事。

(5)待夫家的亲戚要特别客气、恭敬。

(6)不要在公婆跟前表示同丈夫亲热过分的样子，也不要表示待儿女爱惜过分的样子。

(7)时时要暗示他们自己能够做孝顺媳妇,也能在必要时中止孝顺,假如他们真个不识抬举的话。

这七条之中,首尾两条顶顶要紧,若稍不注意,便要吃尽孝顺的亏,同我母亲一般。盖公婆不比父母,没有天性之爱,不能讲"孝心",只能讲"孝礼"。譬如说:父母生日不妨送鱼肝油鸡蛋,公婆生日却必须送参燕桂圆之类,虽然我们明知桂圆滋补功效绝不能及鱼肝油。又在公婆跟前必须尽量抑制喜怒哀乐之情,多唯唯,少谏诤,在父母跟前当然不必如此拘束。许多人都不免心存成见,假如父母是聋子,你对他们讲话时大声些,也没有什么。但公婆要是听觉不聪,便非让他们劳神多问几次不可,否则在旁人听来便好像你在大声吆喝他们了。

至于末条的表示,那更是必需的,不过要表示得好。我相信人之初,性本贱,孝顺惯了也便不足为奇。有人说,怕老婆人家的太太常患肝火病,我相信有孝顺媳妇人家的公婆,一定也是如此情形。对公婆尽孝原是为自己利益着想,并非真心情愿,假如你因尽孝而忍受无理磨折,如我母亲一般,那么我劝你还是宁可不要做劳什子的孝顺媳妇了,赶紧出去组织小家庭吧,再不然便独自谋生,那时对待你的公婆也不必忤逆到怎样,只是始终"敬鬼神而远之"。

(原载《浣锦集》天地出版社1944年4月初版)

吃与睡

我爱吃，也爱睡，吃与睡便是我的日常生活的享受。

说到吃，当然太贵的东西我吃不起，过于不清洁的东西我又不肯吃，所吃者无非在简单物事中略加讲究而已。早晨起来，我只吃一碗薄粥。粥用大米煮，洋籼之类便没有黏性。煮粥的时候，第一米要淘得干净，第二锅子也要洗净，不可有冷饭粢粑之类附着。宁波有一种细篾淘箩，用以盛米，在满贮清水之大白磁桶中淘洗数次，一边淘一边换水，约三次，米即粒粒洁白。以之入清水锅中，水不变色。于是用文火缓熬之，至看不清米粒为度。粥成，乘热而啜，略加淡竹盐少许，不食他菜。淡竹盐亦故乡带来，制法以食盐满塞淡竹中，埋入烧红灰堆里煨烘良久，迨竹烧焦后取出食盐，盐即坚硬呈棍状，略带灰黑色。食时以小洋刀刮之，盐粉散在粥面上，清香而有鲜味。据说其功能化痰，但不可使之潮湿耳。此项淡竹盐，上海虽也有买，但其色全白，粉状用瓶装，与纸包精盐一模一样，因此我是不大相信的。

中饭只有一菜一汤;没有菜,蛋炒饭也行。不过饭要烧得好些,松而软,回味起来有些带甜。有时候,在朋友家里吃饭,见他们菜虽多而饭不佳,则吃了之后常觉不大落胃,非自到家中调些红枣百果羹之类吃吃不可。

我有一个秘诀,便是饭菜吃得不落胃时,可以再吃些甜点心类以资补救。所谓点心,其第一要件当然是清松稀薄,美于口而无不利于腹,换句话说便是质宜精而量宜少,在饥时食之可以疗饥,而饱时食之却不致过饱,对于这点,我是非常同情于广东点心的,尤其在茶室里那种吃法,一碟一眼眼,吃上十碟也不打紧。若是宁波人家,客人来了不是炒年糕一大盆,便是大肉馄饨鳝糊面,叫你吃不到半碗便觉油腻难受,却又不好意思不硬吃下去。这种厚味大量的点心其实应该称为"代饭",吃它之后便可以不必另处再吃饭了。

我不爱做菜,却欢喜自己动手弄些点心。有时候客人来了,人数不多只两三个,大家谈了一会,谈得有兴时,我便问:"弄些什么点心吃吃吧!"假如她们同我客气,说是不吃,就要回去了,我便老大不开心,再不勉强挽留。但若是我的老朋友一定晓得我这脾气,她们会问我:"那么吃些什么呢?"于是我手舞足蹈,把家中所有的东西一一都讲出来请她们决定,大家想想究竟做哪样点心来得好。往常我在家里总是放着不少的点心作料:桂圆、莲子、红枣、白果、牛奶、鸡蛋、可可、杏仁粉、圆子粉、西谷米等等都有,糯米麦粉以及面类则更不成问题了,要做什么点心便可以做什么的。至于用具,我也是中西各种都有,锅啦、勺啦、刀啦、叉啦、杯啦、盆啦、大小匙啦……一时也说不尽。而且我把做点心盛点心的锅碗,绝不肯同烧菜盛羹的混用,免得有油腻荤腥等气味存留着。我爱用各式各样的较精致的碗碟来摆点心,这样在吃起来时似乎更加会因好看而觉得美味了。不过此类碗碟以及其他用具等我也不是从店里拣新的全套的购来,乃是平日走过旧货公司或拍卖行时,偶然在橱窗里瞧见一两件合适的,便去买了来,洗涤清洁以后,再加煮沸,便可应用。这样积少成多,数年来也聚得不少了,五光十色,煞是美丽。又因其大小、式样、花纹、颜色而定该摆什么东西,有时候宾主之间意见不同,便把一样点心分装两盆,大家再行仔细观看比较,以判定谁的眼光近乎艺术。这类盆碗大抵质料很好,花纹也细致,虽不成套,正因其唯一而弥觉可贵。吃时我往往先自拣定一碗或一盆,然后客人各自拣定。以后次数多了,何人用何碗或何盆都有定规,不必主人分派或客人间互相推让客气了。

其实午后到我家来谈天的老朋友,往往来时先有吃点心的计划。她们预先估定我家恐怕缺乏某种作料,便在路上替我买了带来。于是一到之后,大家还不及三言两语便动手做起点心来。我们做麦粉点心不但注意吃时滋味,还要讲究它的式样。有时候做得太好了,舍不得吃,便放在桌上瞧瞧,直至它发酸带霉了非丢掉不可为止。

除了点心之外,我还爱吃零食。吃零食顶要紧的是细嚼缓咽,时拈时辍,否则宛如猪八戒吞人参果般,有何滋味?我是道地的乡下佬出身,对于沙利文糖果无多大爱恋,所喜者还在于采芝斋盐水胡桃之类。我一面啖零食,一面听朋友谈天,觉得其乐陶陶;否则便是边吃边写文章,也可以增精神而助文思。

晚饭时小菜,我是希望吃得好一些的。一天的奔波,夜里还得绞脑汁写东西,此餐非比别的,乃是慰劳再加鼓励,谚云:吃在广州。不过据我看来,广东小菜只好下酒,不能下饭。而且它的煮法,往往使食物失其本性滋味。牛肉片用菱粉拌过,再加酒渍,炒起来嫩滑是嫩滑的,就是很少牛肉味,吃起来与肉片鸡片田鸡片之类都差不多。我平日吃小菜,欢喜清炖或简单的炒烧,十景式东西是不赞成的。其实做小菜也便当得很,第一东西要新鲜,与其买死鱼不如买新鲜青菜为佳。第二料理要好,拿瓶到糟坊里去买1元钱酱油常带苦味,我爱用舟山洛泗油,因为它的颜色淡而豆酱气味带得少。至于料酒,我是毫不吝惜地请头号花雕来屈就的。炉子里火光熊熊,锅里的油正沸着,于是把切得细细的肉丝倒下去炒几炒,然后筛酒一匝,则肉味松脆,其香无比,若是用2毛钱一杯的现成料酒,则是水分居多,倒入锅里好比加汤,加酒的意义便失掉了。还有一点须注意的,便是炒菜烧鱼必须火旺,煮汤烤肉则非文火不可。至于烧成以后的小菜颜色,也是很要紧的。

一个人的生活目的在于享受,我在没钱的时候,也能咬大饼充饥,一旦有了钱,便大半花到吃食上去了。我欢喜吃新奇的东西,常常自己发明尝试,做得好固然有趣,不好也能强咽下去。有时候自己想不出,便去打听人家,认为不错,回来便仿着烧煮,必要时且加改良。粤菜、闽菜、川菜我都会吃,便是一到生病的时候,我便想吃本乡菜了,尤其是乡下土产,儿时吃惯,想起来别有滋味。只有一件我愿意自居化外,就是宁波人在甜酸苦辣咸五味之中不能吃辣而易之以“臭”,臭乳腐臭盐冬瓜之类,嗅之令人作呕,这个鄙人只好敬谢不敏了。

吃说得太多,现在该来讲睡。我以为睡只要酣畅而时间不必久长,我是每天平均算来恐怕还不到七小时的。

睡的时候,床上一定要有顶帐子。帐子用白洋布做,暑天则改用白夏布。我的帐子洗得很勤,卧在床上看起来,宛如置身白雪堆中,上面又浮着一片白云似的,飘飘然,飘飘然,伴着我入梦。

棉被要薄匀匀的,长而且宽,睡在里面比较舒服。我乡人嫁女,常购余姚上等棉花弹成被头,色白质韧,堪耐久用,当于十余年后,视之尤洁白完好,不改样子,唯较硬而结实耳。上海棉花也不知来自何处,前年我买过一条现成的,色虽白而质脆,买来不到两年,已经不堪用了。褥子可较厚,亦不宜过软。我生平不喜睡弹簧床,大概也是乡下佬习气,只要棕棚好一些便了。至于枕头,我也不大爱用木棉做的,尤其在夏天,以席草屑充其中作为枕芯,比较凉爽。又我们乡下有一种野草,不知何名,将其屑晒干后塞枕中,亦极合适。又有人用泡过茶叶晒燥塞枕头者,云枕之可以清目,则没有试过,不敢妄评。时下枕头样子多薄而阔大,我不喜欢;反之,我的枕头是细长而高的,大概因为我有鼻病,枕头过于低下便有鼻塞之虞的缘故吧。还有席子,我也爱用我乡土做的细篾席子,又滑又挺,凉气沁人,其他草席太粗,台湾席子又嫌太软,转身的时候,容易皱缩。

我睡觉,绝不怕人打搅。帐子放下,此中自有小天地,任你帐外开无线电也罢,讲笑话也罢,打牌也罢,我总不注意听,也不故意装作没听见,所谓一只耳朵进一只耳朵出,毫不关心,故时候到了,自能酣然入睡。不知在什么时候,我曾经患过失眠症,全夜睡不着,直到天明才能蒙眬合眼。但是我毫不心急,心想夜里不睡白天睡,不是一样的吗?横竖我是个闲人,又不必9点钟到了必须上写字间办公。这样任他下去,不久便自好了,以后再不曾患失眠过。

现在我的睡眠绝无定时,黄昏疲倦了,便攒入帐去,醒来之后吃晚饭,晚饭后啜茶片刻,就写文章或看看书。文章写出,或者书不要看了,再攒进帐子酣睡片刻。醒后再出来,疲倦了再睡,这样夜必数起,直到天将亮才蒙被而卧,不到日高三丈绝不肯起床,午睡也没有一定,没有事做便去闭目养神片刻;有人来谈天了,便再也不想睡;看话剧看电影去了,也是如此。

我的梦,常常是可爱的。它不是现实的反映,而是理想的构成。我常常梦着自己驾片舟泛游于湖水之上,也常常梦见母亲,蓬着花白的头发,在慈爱地替我梳小辫子。顶使我奇怪的是,我的梦中回忆常限于10年以前的事,10年以来的结婚生活,我却从来也没梦过一次。我的热情也许早已埋葬了吧？就是在春天的夜里，我也不做桃色的梦。

我爱吃，也爱睡，我把它们当作生活的享受，而从不想到这些竟是卫生所必需。老实说，我可是从不恋生，虽然也并不想死。假如我必须死，而死又必须经过病的阶段的话，那么就让我患一种肺病死吧！慢慢地吃上几年，最后才像酣睡般死去。

（原载《浣锦集》天地出版社 1944 年 4 月初版）

饭

最近,假如有人问我什么是我所最喜欢的,我将毫不犹豫地答道:“饭。”

从上午10时半起,我就一直想着它了,坐在写字间里,心不在焉的,什么事情都懒得做。先是后悔早晨不该吃鸡蛋,假如吃了三碗粥,那该是多好!即使它是洋籼米做的,总也不至于把人饿得这样吧。但是,今天既然如此,却也没有办法了,只得硬着头皮等午饭时间的到来。

不过,写字间里可是没有午饭吃的,我自己心中暗暗打算:回到家里去吃吧,便宜当然便宜一些,可是一则路远吃力,二则车钱也多,三则恐怕时间来不及,因此这个念头往往总是被打消的。第二个念头便是决定到附近小饭店里吃了,当然只许吃会饭一客,价钱连小账在内大概不出10元之外。可是这决心至多坚持到11点钟,也就无法使其到底,因为肚子实在空虚,而一客会饭的分量,我是明明知道的,连半饱也不能,哪里还说得上饱呢?

于是我想:今天再特别优待自己一次吧,会饭之外,再喊一客什景汤面,顶起码的,4元8角。然而,这样在付账时候也已经是不得了,统共要十五六元,天天如此,不是要花上四五百元一月的午饭费了吗?自己的薪金连津贴统共只不过千元一月,除去车费100多,还有房租、早晚餐、添补衣服鞋袜什物等等,够什么用呢?还是不吃午饭吧!从明天起,一定不吃午饭!

每天我从武昌路小饭店里走出来的时候,心里总是想着明天不吃午饭这念头的。不吃午饭便可每月省下四五百元钱来,这笔钱若花在买什物上头,等于囤货,到下月算起来马上就可以便宜几十元或几百元不等了,这可不是件好事情吗?而且那时候还可以得意扬扬地对无力囤货的人说道:"瞧,我早知道这东西会涨起来的,而且还要缺货,现在幸而早买了一些,不然的话……"

不吃午饭的好处呀!但是今天我已吃了,还添面呢,肚子仍旧不很饱胀。肚子饱胀可不是件卫生的事,在从前大米只卖10元一石的时候,我总觉得肚子会胀,吃不上两碗,便停箸不吃了,于是母亲着急起来,到处替我购买助消化的药,助消化的药吃下去后,肚子更加难过得紧了,只是始终没有饥意。

饥,在现在却不求而自来,而且来之后,就不容易驱逐了,它啃着我的胃,难过到我心里,心里就有两种念头交战起来:一种是无志气的,一种是有志气的。无志气的念头往往先来,譬如说,心想还是约男亲戚或朋友一同上饭馆子去吧!吃他一个饱,账横竖不会算到我的头上来。然而马上自己在唾啐自己了,呸!你这个没志气的女人,讲什么平等,求什么上进,岂不知道饿死事小呀?况且就是不揩人家的油也还能够半饱,不至于饿死。就是揩了人家的油,还不过饱一餐,不到三小时又该饿了,失什么节呢?不要自堕人格吧!不要自堕人格吧!

退而思其次,顶好自己不存心揩油,而是人家诚意来请我了,这样总可勉图一饱了吧,然而也不。第一要怪衣服袖子太短,伸手向远处夹食,腋下都看得见,怪不雅观的,只好就近而取。第二要怪唇膏没上等货色,动不动就要褪红,吃得马虎了,一塌糊涂,不成样子,只得斯文些儿,自认吃亏。虽然现在有许多摩登女郎都肯拼命抢着吃,狼吞虎咽,但我们究竟不够摩登,心里总觉得斯文为贵。因此我的习惯不大想在别人家里吃饭,一则怕他们饭碗太小,盛过三碗已不雅相,第四碗总不好意思再吃下去了;二则怕佣人盛饭盛得太松,名为三碗,其实只好打个对折。

老实说,在一天 24 小时当中,除去 10 小时左右的睡眠,我是起码有八九小时光景总在想着饭的问题的。世上唯有吃饭难,愈想吃饭,便愈不能拿仅有的几个本钱来买饭吃。换句话说,为找饭碗,我常把心血赚来的些微款子都用在不是饭上头去了。譬如说,买邮票及上好信纸信封,以便写请托信,求人荐位置。好容易回信来了,要去当面接洽的便得准备衣服、鞋袜、手帕、提包之类,临去之前还得上理发店整容一下,动身之际因衣服楚楚,不宜使之流汗玷污,且为爱护皮鞋起见,非一辆三轮车不可。假如机会凑巧,事情成功了,但薪金须是在月底领的,还是非垫付些本钱、午饭费、人情费之类不可,到了月底领到薪金以后,想想这下子总可以好好吃它一顿,以偿月来缩食之苦了,但是天哪,物价又涨得厉害,这些薪金又不够用了,又得买邮票及上好信纸信封,准备衣服、鞋袜、手帕、提包之类,上理发馆整容,雇三轮车去求人了,买饭的钱还是希望在后,求饱之事还是非从缓再议不可呀!

我爱饭,可以说是爱得无微不至了。想它之心真如大旱之望云霓一般。但是我却不能自己跳下田来插秧割稻只想在别人手里求着吃,吃些别人们辛苦出来的东西,这也许正是一般知识阶级的劣根性吧?想饭而不肯切实地自去弄饭来吃,这就不能说是真正爱饭。我想假如天雨白米在我庭前堆积得过多了的时候,我就要设法助消化,恨它、嫌它、看轻它,把一天之中八九小时工夫用到想别的更无聊的享受品上头去了。呜呼,我们这批无耻的,只知求饭吃的,可怜而不足惜的人!

然而世界上还有许多抢饭吃、骗饭吃、混饭吃的人可都得意哪,于是大家都眼红,都唾弃求,而想抢、骗、混而得之,插秧割稻等等工作究竟太辛苦,没人肯去做。长此以往只恐将来饭的来源断绝后,天又不肯下白米,是这批抢骗混求诸君,本领虽有大小,但其束口待毙,一律非饿死不可的结果还是一样的。

饭,饭的问题其实愈是靠想,便愈会严重起来的。我希望大家还是赶紧下田去种,或者索性发明一种科学饱胀法,不要吃饭!

(原载《浣锦集》天地出版社 1944 年 4 月初版)

死后的同情

张金海死了，引起社会上广大的同情；苏益之死了，市教育局长、市教育会秘书长都为之发表谈话；卖咸菜的王小牛死了，报上居然也刊他一张遗像，咸菜豆芽业公会居然也因其死状凄惨，待具呈法院，为之申请昭雪了。人类的同情原是够伟大的呀，可惜都限于被害者死后。

这三个人，都属于"小"字阶级——张为小店员，苏乃小学教员，王则不过是一名小贩罢了，若不死，人们是绝不会注意其存在的。若死得不凄不惨不可怜，人们也绝不会注意其死去事实的。张死在今日之法捕房里，可谓死得其时，死得其所。否则捕房不许宣扬，报章不敢登载，人们虽欲同情，又从何同情起呢？

至于王小牛，则死者本人既不过是一名咸菜贩，殴毙他的人又不过是芦席行股东以及其塌车夫之类，至于出事之原因更不过是一些路上争吵，则其事态之必不会扩大，承办律师之必不会起劲，社会上人士之必不会怎样同情以及援助他的家属是可知的。现在问题似乎还在于苏益之案,可大可小,我们且来看看所谓同情的结果吧。

据我看来,吾们同胞往往是最容易同情别人,同时又是最容易快快消失同情心的。最容易同情别人的原因,是自身所受压迫多,或见闻与自身有关的人所受的压迫多,因此一听到别人也受此类欺凌压迫,同情心便油然发生了。然而为什么又很快地消失了此项同情心呢?其原因还是在于自身所受的压迫多,或见闻与自身有关的人所受的压迫多,见得惯了,闻得惯了,心想究竟所谓欺凌压迫也不过如此,同情心便淡下去了。因此一个人听见别人来向他诉苦时,起先总是十分同情,予以安慰,予以鼓励,后来他的气平了,别人仍未诉苦,便易鼓励为劝解,安慰几句,劝说几句,说万事都须做退一步想,只要下次不吃亏,这遭也就算数了吧。假如那个人听了他的话仍不肯平心静气忍吃亏呢,于是这个人便恼了,厌烦起来,说这种欺凌压迫我也受过。或是说与我有关的人都受过,我们能受,干吗你便不能受呢?那时安慰鼓励或劝解都没有了,相反地,他倒有些同情压迫欺凌者起来,觉得那个被压迫被欺凌的人确也有些太那个了,他的被欺凌被压迫多少有些活该的成分在内吧。

假如苏益之女士之受辱后不服毒而死,人们对她的态度又将怎样?

查苏女士责打刘生手心,及在5月18日,当天就被刘母掴颊。其后刘母每日赴校辱骂,说学校是堂子,谓苏女士在夜间充当向导,及至24日下午4时左右,竟将校中小学生多名架至其家中,苏女士向之干涉,又遭谩骂,并纠众将其架打,幸为男教员解围,余校长回来,同事据情诉苦,余竟亦畏势摇头谓无法谋妥善之办法,于是苏女士便吞服大量毒药,在25日清晨香消玉殒了。

在这段短短的新闻中,假如记载没有错误的话,我相信第一该负责任的还是圣心中小学校长余洁雄先生。刘生年仅12,被责打手心后要向妈妈哭诉,这是常情。刘母听其子的话,不问情由带同其子赴校大兴问罪之师,并将苏女士掴颊数下,这就凶悍泼辣异乎寻常了。但整个圣心中小学竟无人出来帮同苏女士向之交涉,或告其夫刘润生,或径报告捕房,使泼妇受一次惩戒,这就觉得可怪。

其后该妇又日日来骂,骂到一星期之久,及将小学生多名架走了,还只有一个苏女士向之干涉,要求放回,那更使我大惑不解了。难道该校女教员都怕给刘母掴颊,男教员都怕给她骂嫖客或乌龟吗?在24日下午架走小学生的时候,假如苏女士也因前次掴颊经验而匿不敢出了,不知该校对这批小学生又将如何处置?——听其架走呢,还是逼令苏女士一人冒被殴打之险,去负责追回来呢?

刘润生不过是保甲事务所一文书耳,而校长余洁雄竟摇头谓无法谋妥善办法,不知真的畏惧小势力呢,还是有意推托心中在怪苏女士多事?以一个堂堂中小学校长见了保甲事务所文书的太太便害怕如此,直令人难以置信,请问这耳光若打在你校长先生自己的身上,不知亦如此图省事否?照我看来,恐怕为的还是苏女士不过50元钱一月的小学教员,其受辱与否固无关痛痒,谁叫你不生眼睛的打错了保甲事务所刘文书的少爷来呢?

至于苏女士应否责打小学生手心问题,我不是吃教育饭的人,不知道依照教育部命令而论果应该否,依照该校校规而论果应该否,依照教育理论而言果应该否,我只知道苏女士若是打错了,刘母可向学校交涉,绝无径将其掴颊数下,骂之为向导之理;假如打得不错,更不该使她无故受辱,而校长亦竟置之不理。观乎苏女士不死于18日被掴颊之夜,而死于24日校长摇头云无妥善办法之夜,可知她在九泉之下,芳魂还是恨后者居多哩。

假如苏女士不死,而刘文书太太还要日日来骂的话,我相信其他教员一定会暗笑她不识时务,不知己辈之能明哲保身;而校长更要恨她无端生事,害得学校里不能安宁了。至于其他被责过或大楷练习得分不佳的小学生呢,自然会拍手大笑苏老师这次可碰到对头了,以后我们都会叫妈妈来掴你的颊,试问你还敢向我们收簿子不?——呜呼,同情!

然而苏女士终于死了,她仅24岁,无怪她会萌厌世之念。假如她能多读些古书,知道韩信也曾受胯下之辱,或娄师德有唾面自干的美德等等故事,则这次被掴颊正是给她一个好教训,以后对学生的星期作业可不必过问了,小学生给泼妇架走也千万不要出来干涉,假如校长由外返校,见你苏女士能与学生们相安无事,自然会相信你是个好教员的。

谚云:“吃一次亏,学一次乖。”说得文绉绉一些,便是,不经一事,不长一智。这乃是给人掴颊出来的哲学。

然而苏女士终于死了。

今天阅报知圣心学校余校长,特乘验尸的时候,邀了全体教师和受教于苏女士的30多个小学生,大家都冒雨到剖尸间去掬诚挥泪,同声一哭了,并且在验尸所没有一个不赞美苏女士的心情温和,和待人接物的可亲可爱云云,同情见于死后,不知苏女士已瞑之目能再张开来一视否?

她也许说,可惜你们的眼泪出得太迟了!

(原载《浣锦集》天地出版社1944年4月初版)

出版后记

20世纪40年代,上海出现了一对文学双璧——张爱玲和苏青。苏青的文学才能,早就得到五四新文学著名作家周作人的赏识,苏青每部文集都由他亲为题签。连心气很高的张爱玲也只拿苏青和自己相配比,她只佩服苏青一人。

20世纪90年代,我们曾征得苏青后人的同意,请安徽大学方铭教授选编了《苏青小说集》和《苏青散文集》。这次分册出版,仍依照原版样和苏青当时的行文用语习惯,做了编辑整理。正如张爱玲说的"读苏青的作品,能够有一种'天涯若比邻'的广大亲切,唤起了古往今来无所不在的妻性母性的回忆……"这次推出新版,我们愿将苏青文学的人性光辉,与广大读者分享。